Tucholsky Wagner Zola Scott Sydow Freud Schlegel
Turgenev Wallace Fonatne
Twain Walther von der Vogelweide Fouqué Friedrich II. von Preußen
Weber Freiligrath Frey
Fechner Fichte Weiße Rose von Fallersleben Kant Ernst Richthofen Frommel
Engels Fielding Hölderlin
Fehrs Faber Flaubert Eichendorff Tacitus Dumas
Maximilian I. von Habsburg Fock Eliasberg Zweig Ebner Eschenbach
Feuerbach Ewald Eliot Vergil
Goethe Elisabeth von Österreich London
Mendelssohn Balzac Shakespeare
Lichtenberg Rathenau Dostojewski Ganghofer
Trackl Stevenson Doyle Gjellerup
Mommsen Tolstoi Hambruch
Thoma Lenz Hanrieder Droste-Hülshoff
Dach Verne von Arnim Hägele Hauff Humboldt
Reuter Rousseau Hagen Hauptmann Gautier
Karrillon Garschin
Defoe Hebbel Baudelaire
Damaschke Descartes
Hegel Kussmaul Herder
Wolfram von Eschenbach Dickens Schopenhauer
Darwin Melville Rilke George
Bronner Grimm Jerome
Campe Horváth Aristoteles Bebel Proust
Bismarck Vigny Barlach Voltaire Federer Herodot
Gengenbach Heine
Storm Casanova Tersteegen Gilm Grillparzer Georgy
Chamberlain Lessing Langbein Gryphius
Brentano La Fontaine
Strachwitz Claudius Schiller Kralik Iffland Sokrates
Katharina II. von Rußland Bellamy Schilling
Gerstäcker Raabe Gibbon Tschechow
Löns Hesse Hoffmann Gogol Wilde Vulpius
Luther Heym Hofmannsthal Klee Hölty Morgenstern Gleim
Roth Heyse Klopstock Kleist Goedicke
Luxemburg Puschkin Homer Mörike Musil
La Roche Horaz
Machiavelli Kierkegaard Kraft Kraus
Navarra Aurel Musset Moltke
Nestroy Marie de France Lamprecht Kind Kirchhoff Hugo
Laotse Ipsen Liebknecht
Nietzsche Nansen Ringelnatz
Marx Lassalle Gorki Klett
von Ossietzky May Leibniz
vom Stein Lawrence Irving
Petalozzi Platon Knigge
Sachs Poe Pückler Michelangelo Kock Kafka
Liebermann Korolenko
de Sade Praetorius Mistral Zetkin

Der Verlag tredition aus Hamburg veröffentlicht in der Reihe **TREDITION CLASSICS** Werke aus mehr als zwei Jahrtausenden. Diese waren zu einem Großteil vergriffen oder nur noch antiquarisch erhältlich.

Symbolfigur für **TREDITION CLASSICS** ist Johannes Gutenberg (1400 — 1468), der Erfinder des Buchdrucks mit Metalllettern und der Druckerpresse.

Mit der Buchreihe **TREDITION CLASSICS** verfolgt tredition das Ziel, tausende Klassiker der Weltliteratur verschiedener Sprachen wieder als gedruckte Bücher aufzulegen – und das weltweit!

Die Buchreihe dient zur Bewahrung der Literatur und Förderung der Kultur. Sie trägt so dazu bei, dass viele tausend Werke nicht in Vergessenheit geraten.

Ein Adjutantenritt und andere Militärhumoresken

Freiherr von Schlicht

Impressum

Autor: Freiherr von Schlicht
Umschlagkonzept: toepferschumann, Berlin

Verlag: tradition GmbH, Hamburg
ISBN: 978-3-8424-9322-3
Printed in Germany

Freiherr von Schlicht

Ein Adjutantenritt

und andere Militärhumoresken

Albert Langen
Verlag für Litteratur und Kunst
München 1905

Ein Adjutantenritt

Es ist im Manöver.

Heiß tobt die Schlacht.

In aller Herrgottsfrühe schon hat sich das Detachement an dem beschlossnen Versammlungsort eingefunden, und mit dem Brustton tiefinnerster Überzeugung, daß kein andrer Mensch auf der Welt es auch nur annähernd so gut machen könnte, hatte Se. Exzellenz dann den von ihm und seinem Adjutanten – man kann auch sagen – den von seinem Adjutanten und ihm verfaßten Befehl für den Vormarsch vorgelesen. Der böse Feind hatte am frühen Morgen seine Stellung, die er über Nacht eingenommen, verlassen und war auf und davon gezogen, wohin? Das wußte kein Mensch, Se. Exzellenz am allerwenigsten, denn die Kavallerie hatte »wie gewöhnlich überhaupt keine Meldungen geschickt«, obgleich wenigstens zwanzig Meldungen eingelaufen waren. Man glaubt nicht alles, was die Vorgesetzten sagen, im Manöver ganz besonders nicht, weil da die Angst und die Furcht, in den »Wurstkessel« zu geraten, die hohen Herren oft in den unglaublichsten Hyperbeln sprechen läßt. Auch das Herz Sr. Exzellenz hatte gezittert, die Unruhe und die Ungewißheit, ob der Weg, den er zum Vormarsch wählte, auch der richtige sei, hatten ihn gequält und gepeinigt. Aber nur nichts merken lassen – das gibt es nicht! Auch Exzellenzen sind Menschen und können irren, es soll sogar tatsächlich vorkommen, daß sie sich irren, aber das dürfen die Untergebenen nicht wissen, das geht die Untertanen absolut nichts an.

Glück muß der Mensch haben, und so hatte Exzellenz die Freude, auf dem von ihm eingeschlagenen Weg den Feind anzutreffen. Stolz schwellte seine Heldenbrust, und dieser Stolz schwand auch nicht dahin, als er erfuhr, daß er dieses Zusammentreffen nur dem Umstande verdankte, daß der Führer der feindlichen Spitze sich verlaufen und einen falschen Weg eingeschlagen hatte. »Das sah ich voraus und gerade deshalb wählte ich diesen Weg«, hätte er zur Antwort gegeben, wenn man ihn gefragt hätte, und selbstverständlich hätte man ihm geglaubt!

Seit einer Stunde tobt nun der Kampf. Der böse Feind hat eine starke Verteidigungsstellung eingenommen, und Se. Exzellenz hat seine Truppen zum Angriff angesetzt. Ein Teil seiner Infanterie überschüttet den Gegner mit Feuer, ein andrer Teil geht, gedeckt durch das Gelände, zu einer Umfassung des feindlichen linken Flügels vor, die Kanonen donnern, die Kavallerie attackiert alles, was ihr in den Weg kommt und wenn sie Pech hat, sogar Truppen der eignen Abteilung. Das kommt nicht so genau darauf an, die Hauptsache ist, daß die Kavallerie »Schneid« hat.

Im Schweiße ihres Angesichts bauen die Pioniere eine Brücke, sie wissen ganz genau, daß kein Mensch sie benutzen wird, aber sie bauen sie dennoch, weil es befohlen ist, sie bauen weiter, bis sie fertig sind, und dann brechen sie die Brücke wieder ab. Delectat variatio, das steht schon im Horatio.

Auf einem Feldherrnhügel, auf dem für gewöhnlich, wenn kein Manöver ist, Schafe weiden, hält Se. Exzellenz und blickt mit Befriedigung auf das kriegerische Schauspiel zu seinen Füßen. Er ist wohl mit sich zufrieden. Er hat das Gefecht in Gang gebracht, die Fortsetzung ist Sache der Unterführer, und Gnade Gott ihnen, wenn sie ihre Sache nicht gut machen.

In tiefes Nachdenken versunken, blickt Se. Exzellenz vor sich hin und plötzlich scheint ihm ein äußerst wichtiger Gedanke gekommen zu sein. Er macht ein Gesicht wie jemand, der einen wohlüberlegten Entschluß zur Ausführung bringen will. Noch einmal mustert er mit seinem Glas die fechtenden Truppen, dann greift er in die Hintere, linke Rocktasche, dann in die rechte, er knöpft sich den Waffenrock auf und greift in die Brusttasche – alles ist vergebens, er findet nicht, was er sucht. »Unbegreiflich, unbegreiflich,« murmeln seine Lippen. Neugierig drängen die im Hintergründe haltenden Adjutanten nach vorn. Exzellenz begreift etwas nicht? Das ist ja fast unmöglich, was kann das nur sein, das Exzellenz mit seinem scharfen Verstande nicht zu durchdringen vermag?

Exzellenz sieht sich um, und schon hält einer seiner Adjutanten neben ihm: »Euer Exzellenz befehlen?«

Se. Exzellenz sagt, was sein Herz bedrückt. Aufmerksam hört der Adjutant zu, dann sagt er: »Zu Befehl, Euer Exzellenz« und jagt, seinem Vollblüter die Sporen in die Seiten drückend, davon. In wahnsinniger Pace stürmt der Gaul dahin, gerade aus, immer gerade aus.

In einer Entfernung von etwa fünfzehnhundert Metern vor ihm liegt ein Regiment, in Schützenlinien aufgelöst. In gehöriger Entfernung hinter den Schützen hält der Herr Oberst neben seinem Adjutanten – das scharfe Auge eines Vorgesetzten sieht alles, so hat er auch bald den im Galopp daherstürmenden Reiter gesehen und spricht gelassen das große Wort: »Da kommt ein Adjutant Sr. Exzellenz.« Der Regimentsadjutant ist viel zu gut erzogen, um seinem Herrn zu widersprechen, besonders wenn, wie hier, absolut kein Grund zum Widerspruch vorliegt, so sagt er denn einfach: »Zu Befehl, Herr Oberst.«

»Reiten Sie hin und fragen Sie, welchen Befehl er für uns hat. Ich vermute, daß wir endlich vorgehen sollen, Sie werden sehen, ich irre mich nicht. Reiten Sie.«

Der Regimentsadjutant jagt davon, dem Adjutanten Sr. Exzellenz entgegen und aufmerksam beobachten die Herren Bataillonskommandeure dies Schauspiel. Sie rufen ihre Adjutanten herbei: »Wenn ich mich nicht sehr irre, kommt da ein Adjutant Sr. Exzellenz, reiten Sie hin und fragen Sie, was los ist. Wahrscheinlich wird es der Befehl sein, vorläufig noch nicht weiter vorzugehen, passen Sie auf, ich täusche mich nicht. Bitte, reiten Sie.«

»Zu Befehl, Herr Major.«

Die drei Bataillonsadjutanten sagen ihr: »Zu Befehl« gleichzeitig, dann geben sie ihren Gäulen die Sporen und jagen davon, dem Adjutanten Sr. Exzellenz entgegen. Am Waldessaum liegt eine Kompagnie, schlafend, untätig. Sie ist als Spezialreserve ausgeschieden und soll erst auf direkten Befehl Sr. Exzellenz in den Kampf eingreifen, wenn nicht ganz besondre Umstände ein selbständiges Handeln des Hauptmanns nötig machen sollten. Das ist ein delikater Auftrag, der Häuptling ist in Unruhe, wie die Sache für ihn enden wird, ihn tröstet nur der Gedanke, daß er es ganz sicher falsch machen wird, die Beruhigung hat er.

Da sieht er im Vorgelände die Adjutanten herumsausen. Er ruft seinen ältesten Leutnant herbei: »Es kommt ein Befehl Sr. Exzellenz, sicher gilt er uns. Passen Sie auf, ich irre mich nicht. Ich reite nach vorn, um mich zu orientieren. Lassen Sie die Leute an die Gewehre gehen; sobald ich mit dem Taschentuch winke, treten Sie an« – und im Galopp stürmt er davon, dem Adjutanten Sr. Exzellenz entgegen.

Die Pioniere haben ihre Brücke fertig, es tut ihnen leid, sie wieder abbrechen zu müssen, sie ist so schön geworden. Da sehen sie den Adjutanten Sr. Exzellenz. Freudige Hoffnung bewegt ihr Herz, sollte Exzellenz vielleicht befehlen, daß die Brücke noch stehen bleibt, sollte sie vielleicht benutzt werden, sollte denn gar Exzellenz sich mit dem Gedanken tragen, die Brücke passieren zu wollen? Das wäre ein neues Ruhmesblatt in der glorreichen Geschichte des Bataillons, das wäre fast zu viel Ehre, zu viel Auszeichnung!

»Meine Herren Hauptleute,« ruft der Herr Major, »es kommt ein Adjutant Sr. Exzellenz; ich bin überzeugt, Exzellenz will über unsre Brücke reiten, passen Sie auf, ich irre mich nicht. Lassen Sie die Leute ihren Anzug in Ordnung bringen, damit das Auge Sr. Exzellenz mit Wohlgefallen auf ihnen ruht. Sie aber, Herr Leutnant, reiten Sie und fragen Sie nach den Befehlen Sr. Exzellenz, aber Karriere, wenn ich bitten darf, sonst sind Sie die längste Zeit mein Adjutant gewesen.«

Die Stute bekommt die Sporen, daß sie, sintemalen sie sehr kitzlich ist, laut aufquiekt und hinten ausschlägt.

»Galopp,« donnert der Herr Major, und wie die wilde Jagd stürmt der Adjutant davon. Sein Weg führt ihn bei der Artillerie vorbei, und neugierig fragt der Herr Oberst:»Wohin so eilig?«

»Zum Adjutanten Sr. Exzellenz,« lautet die Antwort, und mit lakonischer Kürze sagt der Herr Oberst zu seinem Adjutanten:»Ihm nach.« Der Adjutant saust davon, der Herr Oberst aber sagt zu seiner Umgebung:»sicher erhalten wir den Befehl, endlich diese Stellung zu räumen. Passen Sie auf, ich irre mich nicht, lassen Sie nur gleich aufprotzen, damit wir, sobald der Adjutant zurück ist, im Galopp abfahren können.«

Nun haben die Adjutanten den Abgesandten Sr. Exzellenz erreicht, in wilder Pace jagen sie neben ihm, der sein Pferd nach rechts gewendet hat, einher. Sie sprechen lebhaft miteinander, fast gleichzeitig zeigen alle mit der ausgestreckten Rechten nach einem einsamen Gehöft, und aufmerksam beobachten die von ihren Adjutanten verlassenen Kommandeure die Vorgänge durch das Glas.

»Aha, da also liegt die Entscheidung,« sagt sich ein jeder, »das nimmt mich nicht wunder. Mir ist das Gehöft schon von Anfang an verdächtig vorgekommen, so habe ich mich also doch nicht getäuscht, das war ja auch ganz klar, daß sich dort etwas Wichtiges ereignen mußte,« und mit sich und ihrem Scharfblick sehr zufrieden, rufen die Kommandeure ihre Unterführer herbei, um sie auf das Gehöft aufmerksam zu machen. Dort fällt die Entscheidung.

Nun kehren die Adjutanten zurück. Die Erde erdröhnt unter dem Hufschlag der galoppierenden Pferde, über Gräben und Hecken geht der wilde Ritt, und die scharfen Sporen treiben zu immer schärferer Gangart an. Der wahnsinnige Galopp, den die Herren reiten, scheint ungemein wichtiges anzukündigen. Die Kommandeure können ihre Ungeduld nicht mehr bezähmen, sie rufen ihren Unterführern zu: »Bitte mir zu folgen, meine Herren,« und im caracho jagen sie ihren Adjutanten entgegen.

Mit scharfem Anzug pariert der Adjutant Sr. Exzellenz sein schäumendes Pferd neben seinem »Brotherrn«, er legt die Hand an den Helm: »Befehl ausgeführt.«

Erwartungsvoll sieht die Exzellenz ihn an: »Nun?« Von dem scharfen Ritt erschöpft, ringt der Adjutant einen Augenblick nach Atem. »Der Bursche Euer Exzellenz, der, wie mir die Adjutanten mitteilten, sich bei dem einsamen Gehöft aufhielt, sagte mir, die Zigarrentasche Euer Exzellenz befinde sich in der rechten Satteltasche.«

»Richtig, richtig, das hatte ich ja ganz vergessen« – und ein glückliches Lächeln umspielt den Mund Sr. Exzellenz, während er sich dem Genuß der langersehnten Zigarre hingibt.

Der Kolker

Das Rekrutenexerzieren ist zu Ende. Das Kompagnieexerzieren hat begonnen. Nur Toren können behaupten, daß darin absolut kein Unterschied zu finden und beides gleich langweilig sei; es gibt bekanntlich auf der ganzen Welt nicht zwei Dinge, die einander ganz gleich sind, folglich können auch die beiden Exerzierperioden nicht gleich langweilig sein: eine muß notwendig langweiliger sein als die andre; oder mit andern Worten: die andre ist geistreicher als die eine. Leider schwört, wer die »eine« kennen gelernt hat, immer auf die »andre«, – und umgekehrt.

Kein Mensch ist mit seinem Schicksal zufrieden, also auch kein Soldat.

Das Kompagnieexerzieren hat begonnen, noch nicht *en gsros*, sondern nur *en detail*. Man exerziert in Rotten, dann in Sektionen, in Halbzügen und in Zügen; und erst, wenn das klappt, nimmt der Herr Hauptmann persönlich die Sache in die Hand, um seinen Leuten einmal zu zeigen, was eine Harke ist.

Vorläufig aber ist es noch nicht so weit – daß es in Pasewalk auch noch nicht so weit ist, versteht sich von selbst –, vorläufig kommt der Hauptmann nur zum Dienst, um sich anzusehen, was seine Leutnants machen.

Selbstverständlich, nach seiner Meinung, nichts als Unfug. Was sollte auch aus der preußischen Armee werden, wenn ein Leutnant oder überhaupt ein Untergebener einmal etwas richtig machte? Dann brauchte man ja gar keine Vorgesetzten mehr.

Na, und ohne Vorgesetzten geht es nicht, das muß selbst ein Stummer sagen.

Auf dem Kasernenhof wird exerziert, und der Herr Leutnant hat die Sektionen vertrauensvoll den Unteroffizieren in die Hand gelegt, die zusehen mögen, wie sie selig werden, und wie sie den Leuten die Geheimnisse des Reglements beibringen.

Er selbst kümmert sich nicht um seine »Kerls«, ihm hängt die Sache zum Halse heraus. Er tut nun schon sieben Jahre Frontdienste: da kann ihm der Anblick der exerzierenden Leute wenig oder gar nichts Neues bieten. Na, und immer dasselbe zu sehen, wird auf die

Dauer langweilig; und wenn er danach hinsähe, würde er sich doch nur ärgern, und ärgern will er sich nicht. Ihm geht es so wie so heute schlecht genug. Er fühlt sich gar nicht so recht extra. Und das hat seinen guten Grund.

Er hat vergessen, von gestern auf heute zu Bett zu gehen. Wie kann man aber auch so vergeßlich sein? Er begreift es selbst nicht.

Er hat einen Jammer, der nicht von schlechten Eltern ist, und keinen sehnlicheren Wunsch als den nach einer Salzgurke und einem kleinen Glas Pilsener Bier. Es könnten aber auch zwei große sein.

Im Geist labt er sich an dem Anblick dieser beiden Pilsener. Er schließt die Augen, damit die grausame Wirklichkeit ihm das Bild nicht zerstöre; dabei stützt er die Hände auf den Säbel und hängt ganz seinen Träumen nach.

»Hoppla.« Mit einemmal fährt er in die Höhe... Er war im Stehen eingeschlafen, und langsam hatte sich sein Körper nach vorn geneigt, bis er mit der Nasenspitze die Brust seines vor ihm stehenden Hauptmanns berührte.

Erschreckt taumelt er zurück, – es ist die alte Geschichte: die Vorgesetzten sind immer gerade dann da, wenn man sie am wenigsten brauchen kann. Braucht man sie, so sind sie schon deshalb nie da, weil man sie nie braucht.

»Herr Leutnant,« donnert der Hauptmann, »wie können Sie es wagen, im Königlichen Dienst zu schlafen?«

Auf jede direkte Frage gehört eine Antwort, weiß man beim Militär aber nicht, was man sagen soll, dann sagt man: »Zu Befehl!« Das paßt unter tausend Fällen tausend- und einmal. Und für einen Augenblick denkt der Leutnant denn auch daran, die Neugier des Vorgesetzten mit den beiden Zauberworten zu befriedigen.

Aber in der letzten Sekunde gelangt er zu der Überzeugung, daß eine andre Antwort vielleicht richtiger sei, und so sagt er: »Ich weiß es nicht, Herr Hauptmann.«

Eine solche Entgegnung ist unmilitärisch, denn der Untergebene muß imstande sein, jedem Vorgesetzten auf jede Frage eine befriedigende Auskunft zu geben.

Die Worte: ›Ich weiß es nicht‹ gibt's nicht. Das wäre noch schöner!

Eine Sekunde mustert der Hauptmann seinen Leutnant mit einem vernichtenden Blick; dann sagt er: »Ich will mir die Leute Ihres Zuges ansehen ... wenn Sie sich nicht um die Leute kümmern, muß ich es ja tun.«

»Dieser Nachsatz ist erstens ungenau und zweitens überflüssig,« denkt der Leutnant. »Deine Pflicht bleibt es immer, dich um deine Leute zu kümmern, auch dann, wenn ich es nicht tue, folglich ...«

Und laut sagt er diesmal wirklich: »Zu Befehl!«

Das hört der Hauptmann mit Freuden, denn diese Worte bedeuten die Unterordnung des eignen Willens unter den des Vorgesetzten. Auf deutsch heißt das: Subordination, und zwar versteht man darunter bekanntlich das Bestreben, stets dümmer zu erscheinen, als der Vorgesetzte wirklich ist.

Der Leutnant beeilt sich, die nötigen Anordnungen und Befehle zu geben ... Lieber wäre es ihm, wenn der Hauptmann jetzt die Leute nicht besichtigen wollte. Bei einer Besichtigung kommt selten etwas Gutes heraus, – daß jetzt sogar etwas Schlechtes herauskommen wird, davon ist der Leutnant felsenfest überzeugt. Ihm schwant nichts Gutes, und wehmütig seufzt er: »Ist denn kein Stuhl da für meine Hulda?«

»Miserabel!« knurrt der Hauptmann plötzlich.

Der Leutnant hat keine Ahnung, was der Vorgesetzte meint, ob das schlechte Wetter, seine eigne Stimmung, die Leistung irgend eines Mannes oder das Fallen irgend eines exotischen Staatspapieres.

»Hundsmiserabel!« knurrt da der Hauptmann.

»Na, na, nur sacht,« denkt der Leutnant, »so schlimm wird es wohl nicht sein.« Laut aber sagt er: »Zu Befehl!« Die Armee müßte dem Mann, der diese beiden Wörter erfand, aus den Mitteln aller, die nicht Soldaten werden, ein Denkmal setzen.

Der Hauptmann läßt inzwischen seine Blicke von dem rechten Flügelmann auf den zweiten Mann im Gliede schweifen. Der Flügelmann ist mit dem Wort »Hundsmiserabel« genügend kritisiert; nun kommt der zweite Mann.

Der Häuptling besieht sich den Jüngling eine ganze Zeit, dann sagt er zu seinem Offizier: »Herr Leutnant, fällt Ihnen an dem Manne nichts auf?«

Der Leutnant sieht sich nun auch den Jüngling an. Der steht da, wie das Gesetz es befiehlt: die Fußspitzen gleichmäßig so weit auseinandergenommen, daß sie nicht ganz einen rechten Winkel bilden, Hacken zusammen, Knie leicht nach hinten durchgedrückt, Bauch herein, Brust heraus, Schultern zurück, Kopf in die Höhe, Nase gerade über der Knopfreihe, die beiden Ohren in gleicher Höhe, – alles ist in schönster Ordnung. Dabei ist der Kerl gewachsen wie ein junger Gott ... Es ist eine wahre Freude, diesen Vaterlandsverteidiger anzusehen. »Fällt Ihnen an dem Manne nichts auf?« wiederholt der Vorgesetzte.

»Nein, Herr Hauptmann,« lautet die Antwort.

»Ihr Blick scheint durch das viele Schlafen in und außer Dienst getrübt zu sein,« klingt es zurück . . . und nach einer kurzen Pause: »Der Mann ist vollständig schief und krumm.«

»Das ist nun ganz gewiß übertrieben,« denkt der Leutnant. Und nun Sonne, steh still im Tale Gideon! Und nun Hulda, setz dich auf den Stuhl, den ich dir bringe! Die Welt geht unter –: der Leutnant sagt, was er denkt, obgleich er der Untergebene ist.

Er öffnet den Mund und beginnt seine Rede: »Verzeihen der Herr Hauptmann, daß ich widerspreche, nach meiner Meinung ...«

Aber weiter kommt er nicht, ein unheiliges Donnerwetter entlädt sich über seinem Haupt: »Herr Leutnant, wo nehmen Sie den Mut her, mir zu widersprechen, und wie kommen Sie dazu, eine Meinung zu haben? Die habe ich, dafür bin ich Ihr Hauptmann und vor allen Dingen Ihr Vorgesetzter, wäre es umgekehrt, Herr Leutnant, dann wäre es umgekehrt; aber es ist nicht umgekehrt. Das merken Sie sich, bitte, und schreiben Sie es sich gefälligst hinter die Ohren.«

In vorschriftsmäßiger Haltung, Hacken zusammen, Brust heraus, Kopf in die Höhe, Hand an der Mütze, läßt der Leutnant die Rede über sich ergehen; aber als sie gar zu grob wird, als die ungerechten Vorwürfe sich häufen, da fällt er dem Vorgesetzten mit einem erneuten: »Verzeihen der Herr Hauptmann« mitten in die schönste Satzkonstruktion.

Dem armen Leutnant wäre besser gewesen, er wäre nicht geboren, – denn alles kann ein Vorgesetzter schließlich verzeihen, nur nicht, daß man ihn in seiner Rede unterbricht.

Lebte *Jupiter tonans* noch, so hätte er alle Ursache, auf den Hauptmann als auf seinen gefährlichsten Konkurrenten eifersüchtig zu werden.

»Herr Leutnant,« tobt der Königliche Hauptmann und Kompagniechef, »Herr, die einfachste Form der Höflichkeit schon verlangt, die Subordination befiehlt es sogar, den höher Gestellten ruhig aussprechen zu lassen. Wie kommen Sie dazu, mich zu unterbrechen, mir ins Wort zu fallen, in meine Rede hineinzukolken?«

Der Leutnant steht in tiefes Nachdenken versunken und innerlich spricht er: »Mein sehr verehrter Herr Hauptmann Was Sie da sagen, ist ja alles ganz gut und ganz schön, ich will sogar liebenswürdig und höflich sein und sagen: ›Es ist alles sehr gut und sehr schön.‹ Mehr können Sie doch nicht von mir verlangen, nicht wahr? Na also, sagt Olga. Nun erlauben Sie mir aber, bitte, auch einmal einen Ton. Ihre Rede unterbrechen darf ich nicht; mich verteidigen, wenn Sie gesprochen haben, darf ich auch nicht; ich darf weiter nichts, als jeden Tadel ruhig hinnehmen; denn beweisen, daß Sie unrecht haben, darf ich auch nicht. Ich darf nicht, was ich will, und was ich darf, das will ich nicht, und darum, mein sehr verehrter Herr Hauptmann, gestatten Sie mir, daß ich meine eigne Ansicht verteidige, oder daß ich, wie es nun einmal in der Soldatensprache heißt, daß ich weiterkolke.«

Und wieder fällt er mit einer nach Ansicht des Vorgesetzten »ganz ungehörigen Bemerkung« dem Hauptmann in einen wunderschönen Satzbau hinein.

Es ist nur gut, daß der Hauptmann als leidenschaftlicher Radfahrer stets eine Luftpumpe bei sich trägt: ihr allein verdankt er, daß ihm vor Entsetzen über den Widerspruchsgeist seines Untergebenen nicht die Luft ausgeht.

»Herr Leutnant, ich verbitte mir, verstehen Sie mich, ich verbiiiiiiii–tte mir Ihr Gekolke.«

»Zu Befehl, Herr Hauptmann,« klingt es zurück, aber schlechte Eigenschaften lassen sich ebensowenig wie schlechtes Skatspiel mit einem Male »auf Befehl« abgewöhnen; und so kolkt denn der Leutnant weiter: erstens, weil er ein Kolker ist, und zweitens, weil er im Recht zu sein glaubt.

Ich sage absichtlich: »weil er im Recht zu sein glaubt«; denn daß er sich irrt und daß er nicht recht hat und daß er einem Vorgesetzten gegenüber stets unrecht hat, ist ja ganz klar.

»Kolken« gehört zu jenen Beschäftigungen, die, wie man zu sagen pflegt, nur das Geschäft aufhalten und wenig oder gar keinen praktischen Wert haben. Manche behaupten sogar, kolken sei entsetzlich unpraktisch, es komme nie etwas dabei heraus.

Daß die Leute, die so sprechen, Unsinn reden, muß der Leutnant an seinem eignen Leibe erfahren.

Der Hauptmann weiß nicht mehr, was er mit seinem Untergebenen anfangen soll. Am liebsten möchte er ihn ermorden, aber das geht doch nicht so ohne weiteres; denn erstens weiß man nicht, ob der Leutnant ganz stillhalten würde, und zweitens denkt der Hauptmann mit Entsetzen an die endlosen Schreibereien, die entstehen würden, wenn er seine Blutgier befriedigte. Außerdem ist erst kürzlich wieder ein Befehl über die Vereinfachung des Schriftverfahrens gekommen; dagegen darf er nicht verstoßen: er darf keine Schreibereien verursachen, die vermieden werden können.

Mit dem Morden ist es also nichts. Schade!

Wenn die Not am größten, ist der Geldpostbote leider nicht immer am nächsten, – selbst dann nicht, wenn man neben der Post wohnt. Der Hauptmann hat aber einen kolossalen Dusel: als er sich nicht mehr zu helfen weiß, erscheint der Herr Major.

Der hält noch seinen Winterschlaf, und es gibt jetzt noch nicht viel für ihn zu tun. Seine Tätigkeit beginnt erst mit dem Bataillonexerzieren: dann wird er den Leuten einmal zeigen, was eine Harke ist.

Je weniger der Mensch zu tun hat, desto mehr ärgert er sich darüber, daß er nicht »gar nichts« zu tun hat; das ist eine alte Geschichte. Und so ist denn auch der Herr Major schlechter Laune darüber, daß er doch ab und zu auf das Bureau gehen muß, um seinen Namen einige Male zu unterschreiben.

Der Hauptmann eilt dem Major entgegen, um ihm zu melden, – dann aber auch, um den Leutnant zu verklagen.

Der Leutnant sieht, wie die beiden Herrn sich eifrigst miteinander unterhalten, und ihm ahnt nichts Gutes.

Aber mit einem Male wird ihm schwach, denn der Herr Oberst erscheint auf dem Kasernenhof. »Na, nun gute Nacht,« denkt der Leutnant, »der hat mir gerade noch gefehlt! Hätte ich jetzt etwas zu sagen, so würde ich den Kommandeur sofort verabschieden.«

Aber leider hat ein Leutnant gar nichts zu sagen.

Der Oberst müßte nicht Oberst sein, wenn er nicht sofort erraten wollte, daß nicht nur im Staate Dänemark etwas faul ist, sondern daß auch auf dem Kasernenhof sich nicht alles in jener tadellosen Verfassung befindet, die er, der Herr Oberst, stets und überall anzutreffen wünscht.

Der Herr Oberst, der Herr Major und der Herr Hauptmann stehen in eifrigem Gespräch beieinander.

Der Kommandeur läßt sich den nach Meinung der andern Herren sehr verwickelten Fall vortragen und gibt dann eine glänzende Probe seines scharfen, durchdringenden Verstandes, indem er gelassen das große Wort spricht: »Meine Herren, die Sache ist mehr als einfach, – ich sperre den Leutnant drei Tage ein.«

Bums, da sitzt er.

»Sind Sie nun zufrieden, Herr Leutnant?« fragt der Oberst, nachdem er den Offizier zu sich herangewinkt und ihm die Strafe, die er ihm zudiktiert hat, mitgeteilt hat. »Sind Sie nun zufrieden?«

»Das kann ich nun eigentlich nicht gerade behaupten,« denkt der Leutnant, »zufrieden bin ich nicht, obgleich ich ja mehr bekommen habe, als mir zusteht, und vor allen Dingen viel mehr, als ich erwartete. Ich habe mehr als genug. Würde ich sagen: ›Nein, Herr Oberst, ich bin nicht zufrieden‹, so würde er sagen: ›Dem Manne kann geholfen werden!‹ Und die Hilfe würde darin bestehen, daß er mich nicht auf drei, sondern auf fünf, wenn nicht gar auf sieben Tage einsperrte. Und dafür danke ich. Komma, Punktum, Gedankenstrich.«

»Zu Befehl, Herr Oberst,« gibt er zur Antwort.

»Na, das freut mich,« erwidert der Kommandeur, und er freut sich wirklich; denn wer da zufrieden ist, der widerspricht nicht, der kolkt nicht.

Gekolkt darf nicht werden, aber die Kolkerei besteht doch, und sie wird erst aufhören, wenn der letzte Vorgesetzte begraben sein wird.

Darauf aber kann man noch lange warten.

Meiers Urlaub

Die Rekruten exerzierten auf dem Kasernenhof, und vor seiner Abteilung stand der Sergeant Haase und rang die Hände: »Meier,« wandte er sich jetzt an einen seiner Leute, »sagen Sie mir, was soll ich tun, um Ihnen die militärische Seligkeit beizubringen, die bekanntlich darin besteht, daß man nie auffällt, weder angenehm, noch unangenehm. Sie fallen nur unangenehm auf, meine Hände können das bezeugen. Nicht etwa, als ob ich mich mit diesen meinen beiden Händen an Ihnen vergangen hätte – – erstens tue ich so etwas nie, zweitens habe ich es früher einmal getan und ein Haar darin gefunden, und drittens hat es gar keinen Zweck. Aber meine Hände wissen doch, was ich an Ihnen habe: krumm und schief habe ich sie mir Ihretwegen gerungen, erst rang ich sie in die Länge, nun ringe ich sie in die Kürze, und wenn ich kein Glück habe und die beiden Hände nicht wieder gleich lang bekomme, dann wehe Ihnen, Meier, obgleich es mir weh tun würde, Ihnen weh tun zu müssen. Lassen Sie es sich gesagt sein, Sie sind krümmer als krumm, dümmer als dumm, aber böse sein kann man Ihnen nicht. Aber wissen möchte ich es doch – – was haben Sie sich eigentlich dabei gedacht, als Sie Soldat wurden?«

Das war eine rethorische Frage, auf die jede Antwort mehr als überflüssig war, trotzdem sagte Meier jetzt mit lauter Stimme: »Gar nichts, Herr Sergeant.«

Der Vorgesetzte sah sich um, ob auch kein Hörer in der Nähe sei, der diese vollkommen unvorschriftsmäßige Äußerung gehört hätte, dann sagte er: »Meier, merken Sie es sich: erstens spricht der Soldat überhaupt nicht, zweitens nur dann, wenn er gefragt ist, und drittens sagt er dann nur ›Zu Befehl!‹ verstanden?«

Aber anstatt nun »Zu Befehl!« zu antworten, war Meiers Schädel noch damit beschäftigt, den ersten Teil der Rede geistig zu verarbeiten, der da lautete: erstens spricht der Soldat überhaupt nicht.

Meier war von Hause aus etwas sehr beschränkt, er war töricht geboren und hatte nichts hinzugelernt, das lag aber weniger an seinem Fleiß als an seinem Temperament. Er arbeitete sich ab und schaffte doch nichts.

»Sehen Sie mal, Meier,« sagte Haase eines Tages zu ihm, »Sie sind vom Lande und ich auch, und da wissen Sie, daß es zweierlei Pferde gibt, je nachdem sie vom warmen oder kalten Schlag abstammen. Spannen Sie ein warmblütiges Pferd vor den Wagen, so rackert das sich schon ab, während es eingespannt wird, und wenn es nachher etwas leisten soll – – dann adieu, königliche Hoheit, dann kann es nichts mehr. Anders ein Gaul vom kalten Schlag, der wartet geduldig, bis er angeschirrt ist, und wenn sein Herr dann zu ihm sagt: ›Pferdchen, nun lauf mal ohne stehen zu bleiben bis Patagonien‹, dann denkt das Tier: wenn es weiter nichts ist, und trabt ruhig los, bis es in Patagonien ankommt, und wenn es da ist, hat es auch nicht ein nasses Haar. Sie aber, Meier, kämen in Ihrem ganzen Leben nicht bis Patagonien, denn wenn der Dienst nur losgeht, dann schwitzen Sie schon vor lauter Aufregung, und durch Ihre innere Unruhe machen Sie sich müde und leisten doch nichts.«

So war es ihm auf der Schule auch schon gegangen, er hatte sich zu viel Mühe gegeben, er hatte aufgehorcht, bis ihm das Gehirn schmerzte, so daß er schließlich nur noch Worte hörte, ohne deren Sinn zu verstehen. So lernte er nichts, und dazu kam seine unglaubliche Ungeschicklichkeit, wenn es irgend eine Gelegenheit gab, zu stolpern, lag er sicher gleich darauf auf der Nase, und wenn auch nur eine entfernte Möglichkeit vorhanden war, sich zu stoßen, dann schlug er sich sicher blutig. Und so blieb es auch, als er Soldat geworden war, bei der Kniebeuge brach er sich fast das Kreuz, bei dem Armrollen drehte er sich fast die Arme aus den Kugelgelenken, und bei dem Kopfdrehen brach er sich fast das Genick.

Und als er zum erstenmal den schönen Griff »Das Gewehr über!« machte, riß er sich mit dem Korn des Visiers die rechte Backe auf.

»Meier, wie ist das nur möglich?« fragte Sergeant Haase, denn damals wußte er noch nicht, daß für Meier auf dem Gebiet der Ungeschicklichkeit alles möglich war.

Meier war der fleißigste aller Rekruten, er war zugleich auch der Krümmste und der Törichtste. Er rackerte sich ab, er schwitzte Blut, er wollte lernen, was die andern auch lernten und begriffen, er wollte nicht immer der Krümmste der Krummen bleiben, aber sein Mühen hatte keinen Erfolg.

Eine Woche verging nach der andern, und das Weihnachtsfest kam heran. In den Pausen, während des Exerzierens, beim Mittagessen, in der Putzstunde und abends nach dem Dienst wurde von den Rekruten nur die eine Frage erörtert: »Wer von uns bekommt Weihnachtsurlaub?« Ach, sie wünschten sich ihn ja alle. In den Spinden hing die neue Extrauniform, oder wer sich den Luxus nicht leisten konnte, der hatte sich wenigstens eine Extramütze und ein Extrakoppel angeschafft, ganz Vornehme besaßen sogar weiße Handschuhe, und nun ersehnten sie den Augenblick, wo sie im bunten Rock den Ihrigen daheim gegenübertreten konnten.

Und eines Tages hieß es bei Parole: »Die Rekruten, die Weihnachtsurlaub wünschen, haben dies bis heute abend sechs Uhr ihrem Korporalschaftsführer zu melden.«

Und sie meldeten sich alle, alle, alle. Ein jeder wollte wenigstens den Versuch gemacht haben, Weihnachten nach Haus zu kommen.

Auch Meier meldete sich, aber kaum hatte er seinen Namen, so schön er nur irgend konnte, auf die Gesuchsliste gesetzt, dann wurde er zu Sergeant Haase gerufen: »Meier,« sagte der Vorgesetzte, »wenn es einen Menschen gibt, dem ich im Interesse meiner Gesundheit einen Weihnachtsurlaub wünsche, der ewig und drei Jahre dauert, und von dem es keine Rückkehr gibt, dann sind Sie es. Und wenn es einen Menschen gibt, dem ich zur Belohnung für seinen Fleiß einen Urlaub gönne, dann sind Sie es ganz bestimmt. Trotzdem aber sage ich Ihnen: Sie können nicht auf Urlaub gehen. Verstehen Sie mich, ich habe nicht das Recht, Ihnen zu befehlen, daß Sie Ihr Gesuch zurückziehen sollen. Das darf ich nicht, aber als Mensch und als Christ warne ich Sie: gehen Sie nicht. Wir haben uns an Ihre unmilitärische Erscheinung gewöhnt, wir erschrecken nicht mehr, wenn Sie uns gegenübertreten, aber denken Sie an die Leute in Ihrem Heimatsdorf. Sie wissen nicht, was es für die jungen Mädchen dort bedeutet, wenn es heißt: die Weihnachtsurlauber kommen. Da träumt eine jede schon tagelang vorher von strammen, flotten, jungen Burschen, denen des Königs Rock so gut steht, daß allen das Herz im Leibe lacht. Und nun kommen Sie – – Meier, die Enttäuschung dürfen Sie den Leuten dort nicht bereiten, Sie verderben ihnen das ganze Weihnachtsfest. Und wie wird es Ihnen selbst gehen, man wird Sie auslachen, man wird sich über Sie lustig machen, und alle, die jemals in Ihrem Heimatsdorf gedient haben, werden den Kopf über Sie schütteln.«

So sprach Sergeant Haase wohl noch eine halbe Stunde auf ihn ein, und als er schließlich endete, duldete Meier, daß sein Name von der Liste gestrichen wurde, er verzichtete freiwillig auf den Urlaub, allerdings schweren Herzens, und seine Versuche, sich darüber hinwegzutrösten, schlugen fehl.

Als der Hauptmann am nächsten Morgen zum Dienst kam, um sich seine Rekruten, bevor dieselben in den nächsten Tagen auf Urlaub gingen, noch einmal genau anzusehen, stand Meier womöglich noch krümmer da als sonst, und aus seinen Zügen sprach eine geradezu trostlose Verzweiflung.

»Meier, was haben Sie? Irgend etwas bedrückt Sie – – ich will es wissen.«

Das klang streng, aber zugleich auch wohlwollend, und Meier erzählte, was der Sergeant ihm gesagt hatte.

Der Hauptmann hörte aufmerksam zu, dann ging er mit dem Sergeanten beiseite, und als er zurückkam, sagte er: »Ich habe mit Sergeant Haase über Sie gesprochen; wir wollen Ihnen in Anerkennung der Mühe, die Sie sich stets gegeben haben, doch Urlaub gewähren, wenn Sie mir übermorgen einen guten Griff vormachen – – nur einen, dann können sie gehen. Ich lasse Ihnen noch zwei Tage Zeit; übermorgen nachmittag um vier komme ich in die Kaserne, da werden wir weiter sehen.«

Nur *einen* guten Griff, das war alles, was Meier von den Worten seines Hauptmanns hörte und begriff; sein Hauptmann war immer freundlich und gütig mit ihm gewesen, aber für so milde und nachsichtig hätte selbst er ihn nicht gehalten. Nur *einen* guten Griff, wo die Kameraden täglich hundert gute Griffe machen mußten – – und was die hundertmal konnten, das würde er doch wohl ein einziges Mal können. Ganz bestimmt, das konnte er auch, und wenn er es auch heute noch nicht konnte, übermorgen konnte er es sicher; er hatte ja noch achtundvierzig Stunden Zeit, die wollte er benutzen, um den Griff zu üben.

Und er übte. Jede freie Minute, die er hatte, stand er auf dem Korridor vor dem großen Spiegel, der von der Decke bis zur Erde reichte, und übte »Gewehr über« und »Gewehr ab«. Es war schrecklich mit anzusehen, wie er sich abmühte, und für ein Soldatenherz war es schrecklich mit anzusehen, was er aus dem Griff machte. Er sah selbst im Spiegel, wie elendiglich er das Gewehr auf die Schulter brachte, aber sein Mut sank nicht dahin das nächstemal würde es besser – – das sagte er sich hundertmal, aber es wurde nicht besser.

Und Meier übte mit solchem Fleiß, mit solchem heiligen Ernst, daß nicht ein einziger Kamerad sich über ihn lustig machte.

Einer nach dem andern kam, um zu helfen, ihm zu zeigen, wie er es machen müsse, und Sergeant Haase versäumte eine Verabredung in der Stadt, um ihm Privatunterricht zu geben. »Aber Meier, wie soll es denn nur etwas werden, wenn Sie vor Aufregung am ganzen Körper zittern? Nur die Hände dürfen arbeiten, sonst darf sich nichts an Ihnen bewegen, gar nichts. Trinken Sie erst mal ein Glas Wasser, so, jetzt noch eins, und nun machen Sie gefälligst zehn Minuten Pause.«

Aber schon nach fünf Minuten übte er weiter, er ging mit Erlaubnis des Feldwebels eine halbe Stunde später zu Bett als die übrigen, und als Sergeant Haase am nächsten Morgen als Unteroffizier vom Dienst über den Korridor ging, um zu wecken, stand Meier schon wieder vor dem großen Spiegel und übte bei dem kärglichen Licht der Flurlampen.

Es war halt nichts, und es wurde halt auch nichts.

In der Brust des Sergeanten regte sich aufrichtiges Mitleid, und, von dem Wunsch geleitet, seinem Untergebenen die Angst und Unruhe zu nehmen, sagte er schließlich zu ihm: »Jetzt können Sie den Griff; nun aber stellen Sie das Gewehr fort.«

Das war mehr als eine fromme Lüge, aber sie erreichte ihren Zweck; ein wahrhaft glückseliges Lächeln flog über Meiers Züge, und voller Ruhe sah er dem Nachmittag entgegen.

Und die Prüfung begann. Der Hauptmann hatte davon gehört, wie Meier sich abgequält hatte, und es schon bedauert, diese Forderung gestellt zu haben, auf der andern Seite aber hatte er im Interesse der Subordination und Disziplin den Sergeanten nicht bloßstellen können. Er hatte sich vorgenommen, ein mehr als milder Richter zu sein und hatte alle Zuschauer weggeschickt. Nun lehnte er am Fenster seinem Untergebenen gegenüber.

»Na, Meier, nun zeigen Sie mal, was Sie können.«

Aber Meier konnte gar nichts; er zitterte so, daß er das Gewehr gar nicht von der Erde bekam.

Der Hauptmann bemerkte das anscheinend gar nicht, er sah zum Fenster hinaus.

»Haben Sie schon ›Gewehr über‹ genommen, Meier?« fragte er endlich, ohne sich umzusehen.

»Nein, noch nicht, Herr Hauptmann.«

»Na, dann tun Sie es.«

Und Meier tat es. Er hatte schon viele schlechte Griffe gemacht in seinem Leben – – einen so schlechten wie jetzt noch nie; das Gewehr schien ihm hundert Pfund und mehr zu wiegen, er bückte sich mit dem ganzen Oberkörper, um es zu heben, und als er es endlich auf die Schulter schob, da stieß er sich den Helm hinunter, daß dieser laut polternd auf die Erde fiel.

Meier glaubte sterben zu müssen, sein Herz drohte ihm stillzustehen, jeder Blutstropfen wich aus seinem Gesicht – – nun war es aus, nun war doch alle Mühe umsonst gewesen. Er wagte nicht zu atmen, mit starren Augen blickte er den Vorgesetzten an.

Der stand immer noch am Fenster und sah auf den Kasernenhof; er hatte sich vorgenommen, den Griff zu loben, wenn er fertig war, die Gewehrlage als gut zu bezeichnen, sobald Meier das Gewehr auf der Schulter hatte. Da hörte er den Helm auf die Erde fallen. »Von dem Griff darfst du gar nichts gemerkt haben,« sagte er sich; »loben kannst du ihn nicht, und wenn du ihn nicht lobst, werden die andern Griffe noch schlechter, und dann kannst du Meier nicht auf Urlaub gehen lassen. Es gibt nur eins: du mußt Meier Gelegenheit geben, heimlich seinen Helm wieder aufzusetzen, und dann muß die Sache von vorne wieder anfangen.«

»Warten Sie einen Augenblick – – in zwei Minuten bin ich wieder da.« Und ohne Meier auch nur mit einem Blick zu streifen, ging er in das Zimmer des Feldwebels.

Aber als er bald darauf wieder auf den Korridor trat, stand Meier noch genau so da, wie vorhin, in strammer Haltung, das Gewehr auf der linken Schulter. Und der Helm lag noch auf der Erde.

Der Hauptmann war starr; das hatte er nicht erwartet, der Mann machte es ihm ja geradezu unmöglich, ihn auf Urlaub zu schicken, und so sagte er denn mit dem Brustton tiefinnerster Überzeugung: »Meier, nehmen Sie es mir nicht übel, Sie sind ein Schafskopf, warum haben Sie denn keinen Helm auf?«

Da sah Meier den Vorgesetzten fest an und sagte: »Ich habe den Herrn Hauptmann nicht belügen wollen; ich glaubte, der Herr Hauptmann hätten es nicht gesehen, daß ich mir den Helm vorhin vom Kopf gestoßen habe.«

»Sie können gehen, ich habe genug gesehen.«

Das war alles, was der Vorgesetzte sagte. Ganz bedrückt schlich Meier davon, und als er in die Stube kam, fragten die Kameraden gar nicht erst, wie die Prüfung ausgefallen sei, sie sahen es seinem Gesicht an.

Als vierundzwanzig Stunden später die Urlaubskarten ausgeteilt wurden, traute Meier seinen Augen nicht, als auch er einen Paß erhielt – – so war sein Griff also doch gut gewesen? Grenzenlose Freude erfüllte ihn, und mit schnellen Schritten eilte er am Nachmittag seinem nur zwei kurze Wegstunden entfernten Heimatsdorfe entgegen. Er ging, so schnell er konnte, und wenn er trotz der Sehnsucht, die ihn nach Haus trieb, von Zeit zu Zeit stehen blieb, dann geschah es nur, um über eine Sache nachzudenken, die ihm absolut nicht in den Sinn wollte. Bei dem Abschiedsappell war der Hauptmann an ihn herangetreten und hatte ihm, als einzigen von der ganzen Kompagnie, die Hand gegeben – – ihm, dem Krümmsten der Krummen!

Und er begriff absolut nicht, wie der Hauptmann dazu gekommen war.

Ich spreche

Auf dem Kasernenhof exerzieren die Rekruten.

Gestern sind sie eingestellt, fein säuberlich gewaschen, auf die Krummheit ihrer Gliedmaßen hin untersucht und dann eingekleidet worden. Nun stehen sie auf dem Hof und schlenkern in des Wortes richtigster Bedeutung mit den Beinen. Die Leute einer jeden Korporalschaft stehen mit einem Schritt Zwischenraum nebeneinander, haben sich gegenseitig, nach dem schönen Kommando »Arme seitwärts streckt« die Hände auf die Schultern gelegt, und schlagen nun abwechselnd mit dem rechten und dem linken Bein einen Trommelwirbel in der Luft. »Ein tiefer Sinn liegt oft im kindischen Spiel«. Der Zweck dieser Übung ist, die Beine in den Hüften lose und geschmeidig zu machen, sie für den Marsch vorzubereiten. Der Marsch gebärt den Parademarsch, und ohne den geht es nun einmal nicht, braucht man ihn auch nicht im Kriege, so braucht man ihn im Frieden, teils um zu zeigen, was man kann, teils um bei hohen Festtagen seiner patriotischen Begeisterung Ausdruck zu verleihen.

Vor der Front seiner Abteilung steht der Unteroffizier, er ist dem Selbstmord nahe, denn es ist nun schon das achtemal, daß er zur Ausbildung der Rekruten kommandiert ist. Stumpfsinnig stiert er vor sich hin, viel Geist besaß er nie, und das bißchen, das er ererbt von seinen Vätern hatte, ist aufgebraucht und draufgegangen im königlichen Gamaschendienst. Vor seinen Augen stiegen die Beine seiner Leute in der Luft herum, aber er sieht nicht hin, er hat diesen Anblick schon so oft genossen, daß er ihn absolut nicht mehr reizt.

Da ertönt die Stimme des Rekrutenoffiziers: »Unteroffizier, passen Sie besser auf Ihre Leute, die üben mir nicht genug.«

Der Offizier ist noch sehr jung und sehr dienststeifrig, und so bemerkt er mit Mißfallen, daß in der einen Korporalschaft noch weniger getan wird als in den andern.

Stramm richtet sich der getadelte Unteroffizier in die Höhe und spricht sein: »Zu Befehl, Herr Leutnant«. Mit prüfendem Blick mustert er die seiner Erziehung anvertraute Heldenschar, dann sagt er: »Wenn ich jetzt kommandiere: um mich herum marsch-marsch, dann läuft der mittelste Mann des Gliedes, also der Hansen, bis auf drei Schritte an mich heran. Seht euch den Hansen an, damit ihr euch nicht einbildet, ihr hießet auch Hansen. Ihr andern lauft auch vor, und zwar so, daß ihr nachher in einem Halbkreis um mich herumsteht. Habt ihr das begriffen? Schön, aber begierig bin ich auf den Halbkreis doch. Das eine aber sage ich euch, daß mir keiner auf die Füße tritt, ich rate euch gut. So, nun paßt auf: um mich herum marsch – – marsch!«

Wie eine wilde Horde stürzen die Leute vorwärts.

»Na,« meint der Unteroffizier, »schön ist es ja nun gerade nicht, aber wenn man beide Augen zumacht und nicht hinsieht und außerdem nicht weiß, was ein Halbkreis ist, kann man sich ja einbilden, daß die Sache stimmt. Nun paßt einmal auf, ich will euch jetzt eine Rede halten.«

Alles spitzt die Ohren, und selbst von der Feierlichkeit des Augenblicks durchdrungen zieht der Unteroffizier sich seine Handschuhe an, die er, um sie zu schonen, bis jetzt zusammengerollt am Seitengewehr getragen hat.

»Leute,« nimmt er jetzt das Wort, »ihr seid jetzt Soldaten, oder richtiger gesagt, ihr sollt noch Soldaten werden, denn augenblicklich ist euer wissen noch Stückwerk. Mit Stolz soll das Vaterland einst auf euch blicken können, aber dazu ist in erster Linie erforderlich, daß ihr nicht so krumm dasteht, wie eben jetzt. Meier, stecken Sie den Bauch nicht so vor, und Sie, der Petersen, machen Sie nicht solch ein schafsdämliches Gesicht. Ihr müßt noch sehr viel lernen, aber ihr lernt nur dann etwas, wenn ihr fleißig seid. Was ihr heute morgen geleistet habt, hat mich und den Herrn Leutnant in keiner Weise befriedigt, das muß –«

Der Unteroffizier hält inne, er hat bemerkt, daß ein Rekrut dem andern etwas zuflüsterte.

»Leute, ich will euch bei Gelegenheit gleich etwas sagen,« fährt er nach einer kleinen Pause fort, »wenn ich spreche, habt ihr mit allen Fasern eures Gehirns zuzuhören, da müßt ihr aufpassen wie die Luchse, wenn ich spreche, dann spreche ich und kein andrer, das merkt euch, Ihr habt das noch nicht gewußt, darum sage ich es euch, aber das sage ich euch auch, wenn ich noch einmal sehe, daß zwei von euch Büffeltieren miteinander reden, während ich mir hier den Mund fuselig spreche und mir die denkbar größte Mühe gebe, euch auf eure verdammte Pflicht und Schuldigkeit aufmerksam zu machen, dann Gnade euch Gott, dann wäre euch besser, ihr wäret als ungeborne Waisenkinder auf die Welt gekommen.«

Der Unteroffizier hat sich in Wut geredet, seine Stimme schallt über den ganzen Kasernenhof, und mit geballten Fäusten steht er vor den beiden Sündern, die seinen Ingrimm erregten.

»Die Unteroffiziere!«

Der Herr Leutnant rufts, und die Unteroffiziere eilen herbei.

»Ich habe Sie gerufen, weil ich es verhindern wollte, daß einer von Ihnen – ich will keinen Namen nennen, sich an einem Untergebenen vergriff. Das darf nicht sein, und ich möchte es Ihnen allen nochmals dringend ans Herz legen, sich zu bezwingen und zu beherrschen. Stecken Sie meinetwegen die Hände in die Hosentaschen, obgleich das ja auch verboten ist, tun Sie, was Sie wollen, aber fassen Sie niemanden an.« Dann wendet er sich an den Schuldigen: »Ich warne Sie am allermeisten, Unteroffizier, Sie scheinen mir zu Mißhandlung zu neigen.«

»Verzeihen der Herr Leutnant –«

»Bitte, jetzt spreche ich, und da hat kein andrer etwas zu sagen. Das wollen wir uns doch merken und daran festhalten. Ich danke sehr.«

Die Unteroffiziere gehen zu ihren Abteilungen zurück, »Weiterüben,« rufen sie den Leuten zu, und wieder wirbeln die Beine in der Luft herum.

Eine Stunde vergeht bei dieser geistreichen Beschäftigung, da erscheint der Herr Hauptmann auf dem Kasernenhof. Er ist ein gewaltiger Diensthuber vor dem Herrn, für ihn gibt es nur Dienst, Dienst und nochmals Dienst auf der Welt, außerdem schustert er sich gewaltig bei seinen Vorgesetzten und ist überhaupt eine äußerst angenehme Bekanntschaft. Er hat bei den Rekruten absolut nichts zu tun, er kommt nur, um seinen Diensteifer zu zeigen.

»Bitte, lassen Sie sich durch mich gar nicht stören,« ruft er dem Leutnant zu, dann geht er die Front ab, läßt sich von jedem den Namen nennen, erkundigt sich nach der Heimat, nach den Eltern und Geschwistern und gedenkt dabei des Wortes, das der Herr

Oberst kürzlich sprach: »Die Leute müssen vom ersten Tage an merken, daß wir Interesse für sie haben.«

Darf ich, während der Herr Hauptmann die Front abgeht, eine kleine Anekdote erzählen, für deren Wahrheit ich mich verbürge?

Ein General, der viele Jahre hindurch keinen Frontdienst getan, sondern als Adjutant am Hofe zugebracht hatte, wird eines schönen Tages mit der Führung einer Brigade betraut. Der Hofmann ist natürlich sehr traurig, fügt sich aber dem Befehl und übernimmt den ihm anvertrauten Truppenteil. Von seinem Fürsten hat er es gelernt, wie man sich leutselig unterhält und sich beim Volke beliebt macht. Von seiner Suite gefolgt, reitet der Herr General die Front seiner in Paradeaufstellung stehenden Brigade ab und hält sein Pferd vor einem auffallend hübschen Soldaten an, der seine Aufmerksamkeit erregt hat, und leutselig fragt er: »Wie heißen Sie, mein Sohn?«

»Peter Petersen, Herr General.«

»Leben Ihre Eltern noch?«

»Zu Befehl, Herr General.«

»Was sind die denn?«

»Mein Vater ist Tagelöhner, und meine Mutter ist Viehmagd.«

»Haben Sie noch Geschwister?«

»Zu Befehl, Herr General, noch eine Schwester.«

Und teilnehmend erkundigt sich der höfliche Hofmann: »Ist Ihr Fräulein Schwester auch Viehmagd?« –

Unterdessen ist der Hauptmann auf dem linken Flügel seiner Rekruten angekommen, er hat sich von einigen fünfzig Leuten alles mögliche erzählen lassen, nun will er zeigen, daß er auch alles behalten hat. So wendet er sich an einen Rekruten: »Sie heißen Hansen und sind Schlosser?«

»Nein, Herr Hauptmann, ich heiße Igel und bin Seiltänzer.«

»Richtig, richtig, aber Sie heißen Hansen?«

»Nein, Herr Hauptmann, ich heiße Schulze.«

»Richtig, richtig. Sie sind also der Hansen?«

»Nein, Herr Hauptmann, ich bin der Meier.«

Der Häuptling fängt an, nervös zu werden: »Herr Leutnant, lassen Sie die Leute jetzt etwas andres üben. Dieses beständige Schlenkern mit den Beinen macht mich ganz konfus, da kann man ja absolut gar keinen Gedanken fassen. Ich weiß überhaupt nicht, was Sie mit dieser Übung bezwecken. Bitte sehr, Herr Leutnant, ich spreche. Sie müssen es sich abgewöhnen, Ihre Vorgesetzten unterbrechen zu wollen. Das ist eine sehr schlechte Angewohnheit von Ihnen, die ich schon zu wiederholten Malen an Ihnen entdeckte. Gewöhnen Sie sich das in Ihrem eignen Interesse ab, es muß Ihnen doch sehr unangenehm sein, sich so etwas immer wieder sagen lassen zu müssen. *Audiendo discimus.* Nur durch das Zuhören lernen wir etwas. Mehr hören, Herr Leutnant, und weniger sprechen. Bitte, merken Sie sich das. So, nun danke ich Ihnen sehr.«

»Bitte, bitte, keine Ursache,« denkt der Leutnant. Dann gibt er den Befehl, daß die Leute das Armrollen üben. Aber auch diese Übung findet nicht den Beifall des Vorgesetzten.

»Ordnen Sie etwas andres an, Herr Leutnant.«

»Mehr können die Leute noch nicht, Herr Hauptmann.«

»Was, mehr können die Leute noch nicht? Das ist alles, was Sie ihnen in einem ganzen Tag beigebracht haben?«

»Vom ganzen Tag sind vorläufig erst zwei Stunden verflossen,« denkt der Leutnant, laut aber sagt er: »Zu Befehl, Herr Hauptmann!«

»Das ist traurig, sehr traurig, Herr Leutnant. Bitte, machen Sie nicht ein Gesicht, als ob Sie mich wieder unterbrechen wollten. *Ich spreche und kein andrer, lassen Sie sich das gesagt sein.*«

»Ich werde doch wohl noch denken können,« sagt sich der junge Offizier im stillen, »und wenn mein Gesichtsausdruck noch nicht derartig stupide ist, daß er meine Gedanken wiederspiegelt, so ist das für mich in meiner Eigenschaft als Soldat ja zwar sehr traurig, sonst doch aber immerhin ein Zeichen einer wenn auch nur geringen Intelligenz. Ich werde versuchen, sie mir abzugewöhnen!«

Unwillig wendet sich der Herr Hauptmann ab, die Lust und Liebe zum königlichen Dienst ist ihm für heute vergangen, er will seinen Feldwebel aufsuchen und diesem sein Herz ausschütten.

Da erscheint der Herr Major auf dem Kasernenhof, und sofort gibt der Hauptmann seinen Gedanken, zu verschwinden, wieder auf. Er ist mit einem Male wieder ganz Feuer und Flamme für den Dienst und mit aufrichtiger Freude sieht er, daß er der einzige anwesende Kompagniechef ist, das wird angenehm auffallen.

Mit schnellen Schritten eilt er dem Vorgesetzten entgegen, um ihm zu melden, und gnädig legt dieser einen Finger an die Mütze.

Der Hauptmann schlägt in der Luft eine Volte und befindet sich plötzlich, wie das Gesetz es befiehlt, an der linken Seite des Vorgesetzten, verwundert betrachtet dieser seinen Untergebenen: »Wünschen Sie etwas von mir?«

»Ganz und gar nicht, Herr Major,« beeilt sich dieser zu versichern, »ich glaubte, daß der Herr Major vielleicht etwas von mir wünschten.«

»Wenn ich Sie brauche, werde ich Sie schon rufen,« sagt der Vorgesetzte, und ohne einen Ton erwidert zu haben, geht der Hauptmann zu seinen Rekruten zurück.

Der Herr Major bleibt stehen und sieht sich das militärische Getriebe an, nicht alles scheint seinen höchsten Beifall zu finden, denn plötzlich nimmt er sein Notizbuch aus der Tasche und macht sich allerlei Bemerkungen. Vorläufig sehen die Offiziere nur, daß er schreibt. Aber auch, was er schreibt, wird ihnen eines Tages klar werden, klarer vielleicht, als es ihnen lieb ist.

Nach einer geraumen Weile setzt der Herr Major sich wieder in Bewegung, nicht, wie ein jeder hofft, um wieder aufs Bureau zu gehen, sondern um sich die Rekruten anzusehen. Er ruft sich den Hauptmann herbei: »Ich werde mir die Anzüge Ihrer Leute ansehen.«

Der Hauptmann bekommt solchen Schrecken, daß er sogar das obligate »Zu Befehl!« vergißt, aber trotzdem bleibt ihm nichts weiter übrig, als dem Vorgesetzten zu folgen, der jetzt vor dem rechten Flügelmann stehen bleibt. Lange und forschend ruhen seine Augen auf dem Rekruten. Heimlich winkt der Hauptmann hinter seinen Leuten sämtliche Unteroffiziere heran, damit auch diese die weisen Bemerkungen des Herrn Majors hören.

Endlich ist die Musterung beendet.

»Der Kragen sitzt nicht,« lautet die Kritik, »er ist zu eng, viel zu eng, und außerdem ist er viel zu hoch. Der Mann kann ja keine Luft holen. Man soll bequem zwei Finger in den Kragen hineinstecken können.« Der Herr Major tut es und fragt dann: »Können Sie jetzt ordentlich Luft holen, mein Sohn?«

Dem Mann geht beinahe der Atem aus, trotzdem antwortet er: »Zu Befehl!«, weil der Unteroffizier die Leute dahin instruiert hat, immer »Zu Befehl!« zu sagen.

»Sie sind ein Rindsvieh,« donnert der Herr Major. »Der Kragen ist viel zu eng, den wünsche ich nicht wiederzusehen. Auch die Knopfreihe ist schief, die Ärmel sind zu lang, und in der Taille paßt der Rock absolut nicht. Wollten Sie etwas sagen, Herr Hauptmann?«

Der steht schon lange mit der Hand an der Mütze und macht beständig den Mund auf und zu, er möchte sich so gerne verteidigen, aber der Herr Major hat noch keine Pause gemacht, in die er mit seiner Bemerkung hineinfallen könnte.

»Ich wollte mir nur ganz gehorsamst erlauben, Herr Major –«

Aber weiter kommt er nicht.

»Sie haben sich vorläufig gar nichts zu erlauben, Herr Hauptmann. *Ich* spreche. Und ich wünsche weder durch Worte, Mienen noch Gebärden von Ihnen unterbrochen zu werden, was Sie mir sagen wollen, weiß ich ganz genau. Nach Ihrer Meinung sitzt der Rock ausgezeichnet, ich aber sage Ihnen, er sitzt hundsmiserabel, einen so schlecht sitzenden Rock gibt es in der ganzen Armee nicht.«

»Gestatten der Herr Major –«

»Gar nichts gestatte ich. Jetzt spreche *ich*. Was Sie zu sagen haben, können Sie mir sagen, wenn ich Sie frage.«

»Aber du frägst mich ja gar nicht,« denkt der Hauptmann. »So ist mir ja gar nicht möglich, dir auseinanderzusetzen, daß ich auf

Kammer keinen größern Rock habe, sondern daß das Bataillon mir aus seinen Beständen einen liefern muß. Na, mir solls recht sein, ich halte nun den Mund, jetzt gilt es, den hohen Herrn wieder zu versöhnen.«

Und er versöhnt ihn dadurch, daß er den Schnabel hält und alle Bemerkungen des Vorgesetzten gewissenhaft notiert.

Aber als die Musterung zu Ende ist, ruft der Herr Major den Hauptmann vor die Front. »Nur noch ein paar Worte: ich weiß nicht, wie es kommt, aber Sie haben es sich in der letzten Zeit angewöhnt, zu widersprechen, mir ins Wort zu fallen. Bitte, Herr Hauptmann,« donnert er plötzlich den Untergebenen an, als dieser Anstalten macht, sich zu verteidigen, »*ich* spreche, lassen Sie sich das gesagt sein.«

Mit Entzücken hört der Leutnant den Anpfiff, den sein Hauptmann bekommt, und mit Entzücken hören es die Unteroffiziere und Rekruten. Sie freuen sich, daß ihr Vorgesetzter wegen derselben Sache getadelt wird, wie sie selbst. Jetzt wissen sie alle, was es bedeutet, wenn in Zukunft ein Vorgesetzter sagt: »Ich spreche«. Es ist ein Wort ohne tieferen Sinn und ohne irgendwelchen Wert, es ist eine Redensart, durch die man sich selbst mit einem Glorienschein zu umgeben versucht, auf daß alle Untergebenen verwundert hinaufblicken und da sagen: seht, welch ein Mensch. Und welche Fülle von Verstand ist unter diesem Mützenrand.

Ich spreche. Ein stolzes Wort, am stolzesten klingt es aus dem Munde des höchsten Vorgesetzten, es klingt um so imponierender, je größer die Zahl derer ist, die zum Widerspruch neigen.

Und das tun sie alle, der Musketier und der Unteroffizier, denn immer geschieht ihnen unrecht, und immer sind sie klüger als die Vorgesetzten. Aber was der Vorgesetzte sagt, ist richtig, daran läßt sich nun einmal nichts ändern. Auf Debatten läßt sich kein Höherer ein, und wozu auch? Kraft seines Amtes diktiert er dem Untergebenen seine Ansicht als die allein richtige und als die allein seligmachende.

Jeder Vorgesetzte glaubt felsenfest an sich, und den Glauben an seine eigne Person, an seine geistige Überlegenheit und an seine geistige Unfehlbarkeit faßt er zusammen in die Worte: *ich* spreche.

Die Gesellschaftsunterhaltung

Der Herr Oberleutnant ist mit seiner Frau zu der ersten Kommißgesellschaft in dieser Saison, zu dem ersten Pekko, eingeladen. In richtiger Erkenntnis der Genüsse, die seiner harren, hat er absagen wollen, aber die Gattin hat es nicht erlaubt: »Daß du krank bist, glaubt dir keiner, daß wir selbst keinen Besuch haben, weiß jeder, und daß wir für den heutigen Abend auch keine andre Einladung haben, weiß auch jeder. Es nützt dir alles nichts, komm nur.«

Und er kommt, was bleibt ihm weiter übrig? Ausnahmsweise ist seine Frau vor ihm mit der Toilette fertig geworden, sie schilt, daß er, wie gewöhnlich, nicht pünktlich ist, dann gehen sie dem gastlichen Hause entgegen, sie immer drei Schritt voran, er immer drei Schritt hinterher.

»Aber so geh doch etwas schneller,« bittet sie, »wir kommen ja viel zu spät.«

Er lacht laut auf. »Zu spät? Zu dem Zauberfest kommen wir immer noch viel zu früh. Allein schon, wenn ich daran denke, daß ich die Krause wieder zu Tisch führen soll –«

»Aber das denkst du dir doch nur,« unterbricht sie ihn.

»Ich weiß es,« entgegnete er. »Eine innere Stimme sagt es mir. Ich führ die Krause seit Jahren nun schon auf jeder Gesellschaft, warum soll ich sie da gerade heute abend nicht führen? Das wäre ja gegen jede Rang- und Anciennitätsliste. Aber das sage ich dir, ein Vergnügen ist es nicht, jedesmal dieselbe Tischdame zu haben.«

»Aber so beruhige dich doch,« bittet sie, »Wenn ich richtig unterrichtet bin, haben Krauses heute abgesagt.«

»Das wäre wundervoll,« frohlockt er, und das Herz voller Hoffnungen betritt er wenig später mit seiner Gattin den Salon, in dem die Wirte und die übrigen Gäste bereits ihrer harren. Sein erster Blick fällt auf die Krause, die Gattin eines Kameraden. »Da ist sie doch,« stöhnt er in seinem Innern, »und wieder in diesem schrecklichen, gelbgrünen Kleid, das ich nicht ausstehen kann. Hat diese Frau denn wirklich keine andre Toilette?«

Er küßt der Herrin des Hauses die Hand: »Gnädige Frau waren so liebenswürdig,« dann tauscht er einen Händedruck mit dem Hausherrn, der mit seiner liebenswürdigsten Miene bittet: »Nicht wahr, Sie führen wohl Frau Krause?«

Schon diese Art, ihm seine Tischdame zu bestimmen, ärgert ihn. Sie führen wohl Frau Krause. Das heißt doch mit andern Worten: Nicht wahr, ich irre mich doch wohl nicht, ich habe Ihnen die Tischdame gegeben, die Ihnen besonders sympathisch ist und die Ihnen nach altem Brauch, nach alter Sitte zusteht. Hätte ich Ihnen eine andre Dame gegeben, so wäre es Ihnen vermutlich nicht recht gewesen.

»Darf ich die Herren bitten?«

Der Hausherr sprichts und die Herren setzen sich in Bewegung.

»Wenn ich um den Vorzug bitten dürfte, meine gnädigste Frau?«

Der Herr Ober macht seine Verbeugung, und die Gelbgrüne legt ihre linke Hand in seinen Arm.

»Wieder diese weißen Handschuhe mit den gräßlichen grünen Raupen,« denkt er. »Zu eng sind sie ja auch wieder, und ebenso wie im vorigen Jahr ist auch jetzt der oberste Knopf offen.« Stumm geht er neben ihr her, bis sie das Eßzimmer erreicht haben, und eine Minute später haben alle Platz genommen. Mit großer Umständlichkeit nimmt er aus der kunstvoll aufgebauten Serviette das Brötchen, legt es neben sein Kuvert auf den Tisch, breitet die Serviette über seine Knie und denkt: »Eigentlich müßtest du nun wohl etwas sagen.«

Aber was? Er hat seine Tischdame schon so oft geführt, daß er nichts mehr zu sagen weiß, er kennt sie in- und auswendig, es gibt nichts, was er von ihr nicht wüßte.

Da fällt ihm ein, daß sie ja zum ersten Oktober umgezogen ist, die neue Wohnung kostet zwölfhundert Mark, genau soviel wie die alte, hat fünf Zimmer, und das ist vollständig genug, da keine Kinder da sind. Sogar Wasserleitung ist vorhanden und aller andrer Komfort. Ganz besonders schön ist das Eßzimmer, Krauses können fünfundzwanzig Personen setzen, wenn es unbedingt sein muß, sogar siebenundzwanzig, allerdings muß dann das Büffett etwas verrückt werden.

Der Herr Ober weiß das alles schon ganz genau, denn seine Frau hat neulich der Krause einen Besuch gemacht, oder richtiger gesagt: sie war bei der Krause zum Walkürenkaffee, sämtliche Regimentsdamen waren dagewesen und hatten sich »himmlisch« amüsiert. Nur seine eigne Frau hatte sich entsetzlich gelangweilt und war halbtot nach Haus gekommen.

Der Herr Ober weiß ganz genau, daß die Krause mit der neuen Wohnung sehr zufrieden ist und daß sie besonders den neuen Hauswirt sehr lobt, trotzdem hält er sich für verpflichtet, sich danach zu erkundigen, wie die gnädige Frau mit der neuen Wohnung zufrieden ist. Schon will er sie danach fragen, aber im letzten Augenblick besinnt er sich, einmal graut ihm davor, noch einmal zu hören, was er schon weiß, und zweitens sagt er sich: was bleibt dann für den Rest des Abends, wenn ich das Hauptgesprächsthema schon vorwegnehme?

Aber sagen muß er etwas.

»Nehmen gnädige Frau keinen Sherry zur Suppe?«

Auf jeder Gesellschaft fragt er dasselbe, und immer kommt dieselbe Antwort: »Nein, ich danke, er erhitzt mich zu sehr.« Ob sie heute wohl etwas andres antworten wird? Aber nein, das »Nein, ich danke, er erhitzt mich zu sehr,« klingt an sein Ohr.

Die Unterhaltung stockt, er löffelt seinen Teller Suppe leer und denkt: »Was sagst du nun?«

»Gnädige Frau haben neulich einen so entzückenden Kaffee gegeben – meine Frau kam ganz begeistert nach Haus.«

»Hat Ihre Frau Gemahlin sich wirklich gut amüsiert?« fragt die Krause. »Das freut mich herzlich.«

Die Suppenteller werden fortgenommen, das gibt einen willkommenen Anlaß, die Unterhaltung zu unterbrechen. Der Herr Ober ißt, um wenigstens etwas zu tun, die Hälfte seines Brötchens auf und sieht sich nach seiner Frau um. Endlich hat er sie entdeckt, sie sitzt neben einem Herrn, der sie auch schon tausendmal geführt hat. Beide werfen sich einen verständnisinnigen Blick zu, und er erhebt sein Glas, um ihr zuzutrinken. Da merkt er erst, daß die Gläser ja noch gar nicht gefüllt sind.

»Befehlen die gnädige Frau rot oder weiß?«

Nun sagt sie: »Wenn ich bitten darf: rot,« denkt er. Aber nein, es geschieht ein Wunder, sie sagt: »Rot, wenn ich bitten darf.«

Ganz erstaunt sieht er sie von der Seite an. Mein Gott, sollte die Frau geistig doch nicht so unbedeutend sein, wie er bisher stets geglaubt hatte?

Das Erscheinen des Dieners, der den Fisch serviert, gibt einen willkommenen Anlaß, die Unterhaltung zu unterbrechen.

»Ob sie wohl wieder die grünen Schuhe mit den gelben Schleifen trägt?« denkt er.

Er läßt seine Serviette fallen, und als er sich bückt, um sie wieder aufzuheben, konstatiert er unter dem Tischtuch, daß seine Vermutung ihn nicht trog.

»Die Frau ist derartig konservativ, daß sie dafür von Staats wegen belohnt werden müßte,« denkt er, dann erhebt er sein Glas: »Darf ich auf Ihr Wohl trinken, meine gnädige Frau.«

Sie winkt ihm huldvollst Gewährung und stößt mit ihm an.

Das Erscheinen des Dieners, der in diesem Augenblick die Teller fortnimmt, gibt einen willkommenen Anlaß, die Unterhaltung zu unterbrechen. Die Pause bis zum Erscheinen des nächsten Ganges benutzt er, um den Rest seines Brötchens aufzuessen.

»Heizen Sie schon, gnädige Frau?«

Geistreich ist diese Frage ja gerade nicht, zumal trotz des Oktober die Tage noch sehr schön sind, aber es ist doch sehr interessant, darüber Auskunft zu erhalten.

»Wie meinten Sie, Herr Leutnant?«

Herrgott, schilt er im stillen, mit der Frau ist ja gar nichts mehr anzufangen, im vorigen Jahr paßte sie doch wenigstens noch auf. »Ich erlaubte mir die gehorsame Anfrage, meine Gnädige, ob Sie schon einheizen?«

»Nein, noch nicht, ich habe die Erfahrung gemacht, daß man sich sehr leicht erkältet, wenn man nicht immer einheizt, und dazu ist es doch jetzt, besonders am Tage, noch zu warm.«

»Ich sagte es ja,« denkt er, »ich habe mich bisher in der Frau geirrt, sie ist geistig wirklich bedeutend, sie hat sogar schon Erfahrungen.«

Neue Teller werden hingesetzt, und die Unterhaltung wird dadurch wieder unterbrochen. Dann aber wird der Braten serviert, und damit wird es endlich Zeit, sich ernsthaft zu unterhalten.

Aber was soll er nun sagen? Er zermartert sich das Gehirn. Seine Tischdame hat für nichts auf der Welt Interesse, sie liest prinzipiell keine Bücher, weil sie angeblich im Haushalt so viel zu tun hat, daß sie sowieso nicht fertig wird, sie ist so unmusikalisch, wie nur irgend ein Mensch es sein kann, die Theatersaison wird in diesem Jahre überhaupt nicht eröffnet, weil sich kein Direktor hat finden lassen, der Lust verspürte, ebenso wie sein Vorgänger, bankrott zu machen, Herrgott – worüber soll er nur sprechen? Kinder hat die Krause nicht, neue Toiletten erst recht nicht, wohl aber eine neue Wohnung. Er fühlt, wie sich ihm die Haare auf dem Kopfe sträuben, aber es hilft ihm alles nichts, es bleibt ihm kein andrer Ausweg, es muß sein.

Er schenkt sich sein Glas voll Wein, leert es mit einem Zug und trinkt sich Mut. Also nun los, ihm hilft kein Gott.

»Sie sind zum ersten Oktober umgezogen, gnädige Frau? Sind Sie mit der neuen Wohnung zufrieden?«

»Ganz ausgezeichnet,« gibt sie zur Antwort. »Wir haben fünf Zimmer, und das ist ja auch vollständig genug, denn Kinder besitzen wir ja nicht. Ganz besonders schön ist unser Eßzimmer, wir können fünfundzwanzig Personen setzen, wenn es sein muß, sogar siebenundzwanzig, allerdings müssen wir dann das Büffett etwas verrücken.«

Nur, um überhaupt etwas zu erwidern, meint er anscheinend auf das höchste interessiert: »Was Sie sagen, gnädige Frau.«

»Ja, denken Sie sich nur« – fährt sie fort, »und dabei bezahlen wir für die neue Wohnung nur zwölfhundert Mark Miete, genau soviel wie für die alte. Unser Hauswirt ist außerdem ein selten netter Mensch, den muß ich ganz besonders loben. Sogar Wasserleitung hat er für uns anbringen lassen, überhaupt haben wir allen Komfort, den es nur gibt.«

Sie schweigt, sie hat alles gesagt, was sie über die Wohnung weiß.

Der Diener nimmt ab und setzt die Teller für Butter und Käse hin, und das gibt abermals einen willkommenen Anlaß, die Unterhaltung zu unterbrechen.

»Darf ich Ihnen nicht noch einmal einschenken, gnädige Frau?«

Er weiß, sie trinkt prinzipiell stets nur ein Glas Wein, aber nur um überhaupt etwas zu fragen, fragt er dennoch.

»Nein, ich danke, es erhitzt mich zu sehr. Und außerdem, wenn ich mehr als ein Glas trinke, werde ich zu lebhaft.«

»Und das schickt sich nicht,« meint er im stillen, »aber etwas lebhafter könntest du schon ruhig sein.«

Der Diener nimmt ab, und gleich darauf wird das Obst serviert.

Er fühlt sich einer Ohnmacht nahe, denn nun wird sie ihn gleich fragen, ob sie ihm nicht für seinen herzigen Jungen etwas Obst mit nach Haus geben darf?

Und auch diese seine Erwartung geht in Erfüllung, sie reicht ihm einen großen Apfel: »Ich selbst esse ja kein Obst, aber nicht wahr, Sie sind so freundlich, dies ihrem herzigen Jungen von mir zu geben?«

»Gnädige Frau, wie immer, so beschämen Sie mich auch heute wieder durch Ihre Güte,« und anscheinend hochbeglückt steckt er den Apfel in die Tasche.

Die Hausfrau blickt verständnisinnig ihren Gatten an. Man schickt sich an, aufzustehen.

Gott sei Dank.

»Hat mein Mann Sie schon gesprochen?« erkundigt sich da plötzlich seine Tischdame, »wir wollten Ihre sehr verehrte Frau Gemahlin und Sie fragen, ob es Ihnen paßte, wenn wir uns zu morgen abend bei Ihnen zum Abendessen ansagten? Selbstverständlich hoffen wir, daß Sie keine Umstände machen.«

Seine Eingeweide drehen sich vor Entsetzen um, er will sprechen, aber er kann nicht. Die Zunge klebt ihm am Gaumen. Schnell gießt er ein Glas Wein hinunter.

»Aber das ist ja ein ganz reizender Gedanke, gnädige Frau. Natürlich werden wir uns sehr freuen, wenn Sie beide kommen. Man sieht sich ja so selten, und vor allen Dingen hat man ja so wenig Gelegenheit, sich auszusprechen.«

Sie stimmt ihm bei, und während sie an seinem Arm nach dem Salon zurückgeht, denkt er: »Allmächtiger – das Ende unsrer Tischunterhaltung hat mir gerade noch gefehlt, wenn ich nur wüßte, was ich morgen mit ihr sprechen soll, ich kann sie doch nicht schon wieder fragen, wie ihr die neue Wohnung gefällt, und wenn ich es dennoch tue, habe ich ja für die nächste Gesellschaft absolut keinen Unterhaltungsstoff.

»Gesegnete Mahlzeit, meine gnädige Frau.«

– Er beugt sich über ihre Rechte und führt sie ritterlich an seine Lippen.

Dann aber stürzt er ins Rauchzimmer und läßt sich den ganzen Abend nicht mehr bei den Damen sehen – er hat bis morgen von der Gesellschaftsunterhaltung mehr als genug.

Freiwillige vor

Hansen, was tun Sie, wenn es plötzlich heißt: »Freiwillige vor?«

»Ich mache Platz, Herr Unteroffizier, damit die Freiwilligen vortreten können.«

Ich weiß nicht, in welchem unsrer humoristischen Blätter ich kürzlich diesen Witz las, der neben seiner Komik sehr viel Wahres enthält.

Im Kriege können wir sicher sein, daß auf den Ruf »Freiwillige vor« sich mehr als genug melden, da will keiner zurückstehen, wenn es gilt sich auszuzeichnen, Ruhm und Lorbeer zu erwerben – im Frieden aber ist es etwas andres. –

Der Herr Oberst hat das große Glück, in seinem Regiment unter den Häuptlingen einen früheren Generalstäbler zu haben: Der Mann ist sein lebelang ein gewaltiger Schuster und ein noch größerer Diensthuber gewesen, so hat er es eben fertig gebracht, daß er Jahr ein Jahr aus Adjutant war und schließlich zur Kriegsakademie kam. wer dort fleißig und nicht gar zu töricht ist, wird nach Beendigung des dreijährigen Kursus vorläufig auf ein Jahr zum Generalstab kommandiert, und von dem, was sie hier leisten, hängt es ab, ob sie wieder in die Front zurückversetzt werden oder ob sie dauernd in der großen Bude, wie das Generalstabsgebäude allgemein benannt wird, bleiben. Der Herr Hauptmann war nach Ablauf des einen Jahres wieder in die Front gekommen – nicht weil es ihm etwa an den nötigen geistigen Fähigkeiten fehlte, sondern weil ihm, nach seiner Meinung, bittres Unrecht geschehen war, und weil Protektion der minder Begabten, die aber hohe Verwandte besaßen, wieder einmal den Sieg über die wahre Tugend davongetragen hatte. Die Leute, die im Generalstab sitzen, können gar nichts – wahrhaft bedeutend sind nur die Leute, die vorübergehend in der großen Bude arbeiteten.

Wer das nicht glaubt, frage einen gewesenen Generalstäbler, der wird ihm die Wahrheit meiner Behauptung bestätigen.

Der Herr Hauptmann hält sich also für einen geistig hochbefähigten und hochbedeutenden Menschen: er, der in der großen Bude mit Armeen und Divisionen operierte, hält es unter seiner Würde, eine Kompagnie zu exerzieren er tut es aber dennoch, weil es befohlen ist. Er blickt mit einer gewissen Geringschätzung auf die unteren Hauptleute, er verkehrt nur mit Stabsoffizieren, am liebsten mit dem Herrn Oberst selbst.

Wer viel weiß, hat den Wunsch und das Bedürfnis, geistig weniger Bemittelten von seinem *embarras de richesse* abzugeben, und so gehört der Häuptling denn bald zu den meist gehaßten Leuten im Regiment, alles weiß er besser als andre Leute, auf irgend welchen Disput läßt er sich nicht ein, das ist für ihn ja höchst überflüssig, wessen Ansicht ist maßgebender als die seine? – er war ja im Generalstab.

Und eines schönen Tages machte er die Entdeckung, daß das theoretische Wissen der jungen Offiziere doch noch mangelhaft ist – er hatte seinem Oberleutnant eine Anekdote auf französisch erzählt, und dieser hatte, anstatt zu lachen, wie sich das für einen Untergebenen gehört, wenn der Vorgesetzte einen Witz erzählt, einfach gesagt: »Wie befehlen der Herr Hauptmann?«

Der Häuptling hatte eine schlaflose Nacht verbracht und sich am nächsten Morgen dem Herrn Oberst gegenüber freiwillig bereit erklärt, täglich den sich dafür interessierenden Herren französischen Unterricht zu erteilen.

Der Herr Oberst strahlte bei dieser Mitteilung vor Vergnügen und erließ sofort einen Regimentsbefehl: »Heute mittag um zwölf Uhr versammeln sich sämtliche Herren Offiziere im beliebigen Anzug im Offizierskasino.«

Pünktlich zur befohlenen Zeit waren alle Herren versammelt, von dem etatsmäßigen Stabsoffizier bis zum jüngsten Leutnant, und allen drängte sich die Frage auf: »Was gibt es? Was ist los? Warum hat man uns hierher befohlen?«

Erwartungsvolle Stille.

Da erscheint der Herr Oberst.

»Meine Herren,« beginnt er, »ich habe Sie hierher gebeten, um Ihnen eine sehr erfreuliche Mitteilung zu machen!«

»Er hat den Abschied eingereicht,« denkt der eine.

»Unser Los hat in der Lotterie gewonnen,« vermutet der zweite, »endlich werde ich meine Schulden los.«

»In diesem Jahr fällt das Manöver aus,« frohlockte der dritte.

»Meine Herren,« fährt der Herr Oberst fort, »ich will Ihnen die freudige Mitteilung nicht länger vorenthalten, Herr Hauptmann von Aberg hat sich in liebenswürdigster Weise bereit erklärt, allen Herren des Regiments, die sich dafür interessieren, täglich Unterricht in der französischen Grammatik und in der französischen Konversation zu geben.«

Totenstille – niemand rührt sich, hat der Schrecken ihre Glieder gelähmt oder hat die plötzliche Freude sie still gemacht?

»Meine Herren,« begann der Herr Oberst wieder, »ich sehe das freudige Erstaunen in Ihren Mienen und bitte zunächst von den jüngeren Herren diejenigen vorzutreten, die an dem Unterricht teilzunehmen wünschen.«

Es ist, als wenn jemand gerufen hätte: »Freiwillige vor«, und die Herren Leutnants machen es, wie der Musketier Hansen in der am Eingang erzählten Anekdote: sie treten beiseite, damit die Freiwilligen vortreten können, aber es tritt keiner vor.

Verlegene Stille, erwartungsvolle Pause.

»Meine Herren,« sagt der Herr Oberst, »ich brauche Sie nicht darauf aufmerksam zu machen, wie ungemein wichtig für den nächsten Feldzug die absolute Beherrschung der französischen Sprache ist, jetzt bietet sich Ihnen die Gelegenheit, sie zu erlernen, einen Zwang will ich selbstverständlich nicht ausüben, ich möchte, daß die Herren sich freiwillig an dem Unterricht beteiligen. Ich bitte noch einmal: Freiwillige vor.«

Nun hat der Herr Oberst sogar die Worte ausgesprochen, halb ernst, halb scherzend – aber das Resultat ist dasselbe, nur daß dieses Mal die Herren Leutnants noch mehr Platz machen, damit die Freiwilligen vortreten können. Aber es tritt niemand vor.

Ungeduldig dreht der Herr Oberst die Spitzen seines langen Schnurrbarts, dann sagt er: »Ich lasse den Herren Leutnants zwei Minuten Zeit, sich die Sache zu überlegen.«

Und nun gehts los. Einer redet auf den andern ein.

»Melde du dich doch.« »Ich denke gar nicht daran.« »Ich müßte ja verrückt sein, wenn ich freiwillig solchen Unfug mitmachte.« »Du bist der jüngste.« »Gerade deshalb melde ich mich nicht, ich bin zu jung.« »Und ich zu alt.«

Die zwei Minuten sind verstrichen.

»Nun?« fragt der Herr Oberst – seine Schnurrbartspitzen zittern, seine Augen rollen, und das Beben seiner Stimme verrät nichts Gutes.

Die Herren Leutnants treten bis an die Wand zurück, damit die Freiwilligen vortreten können.

Aber es tritt keiner vor.

»So muß ich einige der Herren Leutnants kommandieren,« und eben hat er noch gesagt, er wolle keinen Zwang ausüben, »und zwar bestimme ich die drei jüngsten Sekond- und die drei ältesten Oberleutnants. Den Herren Leutnants danke ich.«

Der Herr Oberst bleibt mit den Hauptleuten und Stabsoffizieren zurück und wählt sich auch aus ihnen »Freiwillige« aus, und als die Offizierbesprechung zu Ende ist, haben sich im ganzen vierzehn Herren freiwillig zu dem französischen Kursus gemeldet – Hauptmann von Aberg kann mit dem Resultat zufrieden sein, sein Vorschlag hat Beifall gefunden.

Ja, ja, mit dem Ruf »Freiwillige vor« ist das manchmal eine eigentümliche Geschichte. Ein Armeekorps hatte einmal einen neuen kommandierenden General erhalten: so etwas ist für die unterstellten Truppen unangenehm, denn man weiß nie, wie »der neue Herr« ist, ob besser oder schlechter als sein Vorgänger.

Vorgänger führen wenigstens beim Militär ihren Namen davon, daß sie im Abschiednehmen »vorangehen«.

Die neue Exzellenz war da, das ließ sich nun nicht ändern – ganz besonders traurig stimmte es aber die Beteiligten, daß sie kurz vor der Bataillonsbesichtigung gekommen war. So etwas ist immer scheußlich, von einer Besichtigung hängt viel, oft alles ab, und nie kann man es einem hohen Herrn recht machen, wenn man nicht weiß, wie er es haben will. Das ist noch schwieriger als schwierig.

Mit Ausnahme desjenigen, der zuerst besichtigt wurde, freute sich jeder, nicht der Erste zu sein. Zwar konnte man der Vorstellung, da sie in einer andern Garnison stattfand, nicht persönlich beiwohnen, aber das schadete auch nichts, von guten Freunden und lieben Kameraden würde man schon erfahren, worauf Exzellenz besondern Wert legten.

Am Tage nach der Besichtigung wußte denn auch schon das ganze Armeekorps, daß das erste Bataillon bei der Vorstellung mächtig hineingesegelt war. Ganz besonders hatte der Kommandierende sich darüber erbost, daß auf seinen Ruf »Freiwillige vor« nicht ein einziger Mann vorgetreten war.

Der hohen Exzellenz konnte geholfen werden – wenn die Untergebenen erst einmal wissen, was die Vorgesetzten haben wollen, sorgen sie auch dafür, daß es gemacht wird.

So kam Se. Exzellenz auf seiner Besichtigungsreise auch nach der kleinen Garnison, in der ein detachiertes Bataillon stand.

Die Truppe war tadellos aufgebaut, die Paradeaufstellung war über jedes Lob erhaben, die Kerls standen wie eine Mauer, als Se. Exzellenz die Front abritt, und er kargte nicht mit den Worten der höchsten Anerkennung.

Der Herr Major sah sich im Geiste wenigstens drei Jahre vorpatentiert.

»Bitte lassen Sie Gewehr ab nehmen.«

»Zu Befehl, Euer Exzellenz. Das Gewehr – über. Gewehr – ab.«

Se. Exzellenz eilt vor die Mitte des Bataillons und spricht mit lauter Stimme: »Das war bis jetzt gut, sogar sehr gut,« und dann nach einer Pause: »Freiwillige vor.«

Und wie von der Tarantel gestochen, sprangen von jeder Kompagnie acht Mann, die bei dem Rangieren der Kompagnie von dem Feldwebel als »Freiwillige vor« eingeteilt worden waren, vor die Front – das ging wie das Donnerwetter, nicht umsonst war das »Freiwillige vor« auf dem Kasernenhof ein dutzendmal eingeübt worden. Der Kommandierende wandte sich an seinen Adjutanten: »Zählen Sie, bitte, einmal nach, wieviel es sind, oder wissen Sie es zufällig so, Herr Major?«

Der wußte es natürlich ganz genau, aber er hütete sich, es zu verraten, wieviel Leute »freiwillig« vorgetreten waren – er selbst hatte ihre Zahl ja durch Bataillonsbefehl geregelt.

»Zweiunddreißig, Euer Exzellenz,« meldete der Adjutant.

Der Kommandierende versank in tiefes Nachdenken: »Das ist wenig,« sprach er endlich, »sehr wenig, auffallend wenig.«

Dann setzte er sein Pferd in Bewegung und ritt die Front der vorgetretenen Leute ab – »kein einziger Einjähriger,« hörte man ihn einmal vor sich hinsagen, dann ritt er durch die Reihen des in Breitkolonne stehenden Bataillons.

Da hielt Se. Exzellenz plötzlich vor einem Einjährigen sein Pferd an. »Sie sind Einjährig-Freiwilliger, wie ich sehe?«

»Zu Befehl, Euer Exzellenz.«

»Und warum sind Sie denn nicht vorgetreten?«

»Weil ich nicht als Freiwilliger eingeteilt worden bin, Euer Exzellenz.«

Der kommandierende General sah den Divisionskommandeur an, dieser den Brigadekommandeur, dann sehen alle hohen Herren ihre Adjutanten an, dann sehen die Adjutanten sich untereinander an, und endlich sahen sie alle den Herrn Major an.

Und der Herr Major sah verzweifelnd die hohen Herren an, er wußte sich ihre Blicke nicht zu deuten.

Da schien dem Adjutanten des Kommandierenden plötzlich ein Licht aufzugehen, er wandte sich seinem Brotherrn zu und flüsterte diesem einige Worte ins Ohr, und bei der Besprechung, die Se. Exzellenz gleich darauf mit den berittenen Offizieren vor der Front abhielt, klärte sich das Mißverständnis. Se. Exzellenz interessierte sich dafür, in jeder Garnison zu erfahren, wieviel Freiwillige – sowohl ein- wie zweijährige – jeder Truppenteil habe, weil er der richtigen Ansicht war, daß ein Mann, der sich freiwillig stellt, ein besserer Soldat ist, als einer der »gezogen« wird.

Aus diesem Grunde hatte der Herr General in jeder Garnison »Freiwillige vor« kommandiert.

Armer Herr Major, wie unglücklich saßest du, der du vor kurzem noch von drei Jahren Vorpatentierung träumtest, auf deinem Pferde, während Se. Exzellenz seinem Herzen Luft machte: »Herr,« donnerte der Kommandierende, »Mißverständnisse sind überall möglich, aber mir derartig Sand in die Augen streuen zu wollen, die Freiwilligen zu kommandieren, das ist eine Sache, die ich überhaupt nicht verstehe, für die ich absolut keine Worte, hören Sie wohl, Herr Major, absolut keine Worte habe.«

Und der Herr Major hörte, leider hörte er nur zu gut, Se. Exzellenz sprach so laut, so klar und deutlich, daß der Herr Major ihn nicht nur hören, sondern auch verstehen mußte.

Am Nachmittag desselben Tages reichte der Herr Major seinen Abschied ein, hätte er ihn nicht genommen, so hätte er ihn sicherlich bekommen. Von zwei Übeln soll man aber stets das kleinere wählen, und so trat der Herr Major zum Abschied »freiwillig vor«.

Einberufen

Nun ist sie da die schöne Zeit, in der die Landwehrbrüder zu den militärischen Übungen einberufen werden. Aber ich müßte lügen, wenn ich behaupten wollte, daß sich irgend jemand über diese Einberufung freute.

Die Landwehrleute gehören noch zu den alten Soldaten, die drei Jahre dienten, na, und wenn man seine drei Jahre abgerissen hatte, dann dankte man seinem Schöpfer. Man zog den bunten Rock am letzten Tage viel schneller aus, als man ihn am ersten Tage angezogen hatte, und hätte man selbst darüber zu entscheiden, so würde man die »Lumpen« nie wieder anziehen. Aber es gibt ein »Muß« und dies heißt »Einberufen«. Gar mancher Fluch steigt gen Himmel, wenn die Landwehrleute die Einberufungsorder erhalten: als Reservist zu dienen, geht nach ihrer Meinung noch an, aber als Landwehrmann ist es einfach scheußlich. Fast zehn Jahre sind vergangen, seitdem man als Soldat »abgeliefert« hat, und in den zehn Jahren ist man nicht jünger geworden, man hat sich verheiratet, hat Weib und Kinder, aber was hilfts? Gegen das Wort »Einberufen« gibt es kein Mittel, und so stellen sich denn die zur Übung Befohlenen pünktlich auf dem Kasernenhof ein.

»Auch alle da?« fragt der Hauptmann als erstes seinen Feldwebel, und die Leute, in dem Glauben, die Frage hätte ihnen gegolten, antworten laut: »Zu Befehl, Herr Hauptmann.«

»Na, zählen Sie doch lieber mal nach, Feldwebel,« meint der Hauptmann, und der Feldwebel konstatiert, daß nicht nur alle, sondern sogar zwei zuviel da sind.

Wie ist das möglich?

Es wird nochmals nachgezählt, gerechnet, Listen verlesen, das Resultat bleibt dasselbe – zwei zuviel.

»Na, mir solls recht sein,« denkt der Vorgesetzte, da kommt der Hauptmann der zweiten Landwehrkompagnie zu seinem »Kollegen«:

»Hören Sie mal, ich begreife das nicht, mir fehlen zwei Leute.« Und nun klärt sich die Sache schnell auf: Zwei brave Landwehrleute, die zur zweiten Kompagnie sollten, haben sich stillschweigend zur ersten »gedrückt«, weil es bekannt ist, daß der Hauptmann der ersten seine Leute sehr anständig behandelt, während der Häuptling der zweiten mächtig »bimst«. Da gilt es denn Abschied nehmen, und verfolgt von Hohngelächter der bei der ersten Zurückbleibenden ziehen die beiden Drückeberger wieder von dannen.

Besonders gut werden sie es bei der zweiten nicht haben.

Sind die Mannschaften verteilt, so beginnt das Einkleiden. Ach, das ist ein schweres Stück Arbeit! Für die Übungsmannschaften sind im Gegensatz zu den alljährlich eintretenden Rekruten keine Garnituren auf den Kammern vorhanden, sondern sie müssen in die Hosen hinein, die von den Mannschaften der Linienkompagnien für diese Zeit abgegeben, gleichsam verliehen werden. Auch bekommen die Landwehrleute keine Waffenröcke, sondern nur blaue Tuchblusen, die sogenannten Litewken.

Am Nachmittag soll das Exerzieren beginnen, aber das militärische Auge sträubt sich, die »Soldaten« anzusehen, die da vor ihm stehen. Der eine trägt zu seiner Uniform einen großen neuen Schlapphut, weil ihm kein Helm paßt, der zweite trägt helle Zivilbeinkleider, der dritte hat keinen Leibriemen, weil ihm alle zu eng waren – ganz fertig angezogen ist kaum ein einziger.

Aber exerziert wird doch, aber fragt mich nur nicht wie!

Die Griffe gehen noch, aber der Marsch!

Irgend ein weiser Mann hat einmal gesagt: »Landwehr hat Ruh'« – das Wort kennen die Einberufenen, und sie lassen sich durch nichts aus ihrer Ruhe herausbringen. Man mag bitten, ermahnen, schelten, fluchen, drohen, – alles vergebens, wie die Schnecken schleifen die Leute vorwärts, und wenn dem Vorgesetzten endlich die Geduld reißt, antworten sie ganz ruhig: »Meine Stiefel passen mir nicht.«

Na, und wenn die Stiefel nicht passen, kann der Kerl auch nicht marschieren, das ist ja klar. Beweisen, daß die Stiefel doch passen, kann kein Mensch – folglich behält der Landwehrmann recht und seine Ruhe.

Unter den Einberufenen befinden sich mächtig viele »Knochenschoner«. So nennt man die Leute, die bange sind, sich im Dienst zu überanstrengen, die nicht ein Atom mehr tun, als sie unbedingt müssen, und die auf Kosten der andern bummeln. Schön ist so etwas ja gerade nicht, verdenken aber kann man es den Leuten nicht, denn der ungewohnte Dienst bereitet ihnen große Mühe, und gar mancher Schweißtropfen fließt von der Stirne, die Wangen hinunter, in den langen Bart, an den das Messer des Barbiers sich nicht herangewagt hat, denn zu dem Einkleiden gehört auch, daß der Barbier seines Amtes waltet. Wie der Vater zu seinem Sohn sagt: Gehe hin und laß dir die Haare schneiden, so sagt auch der Hauptmann zu den Landwehrleuten, die manchmal älter oder oft doch wenigstens ebenso alt sind wie der Vorgesetzte: »Heute mittag lassen Sie sich die überzähligen Haare schneiden.« Ein Landwehrmann bittet, er hat an den Ohren eine schöne Schmachtlocke, das Entzücken seines Jungen, der mit wahrer Wollust seinen Vater an diesen Locken zieht, aber die Bitte ist vergebens: der Dienst erfordert es, »Zivilisten sind wir hier nicht,« weg mit dem Ding.

Und am Nachmittag sitzen hundert bärtige Landwehrbrüder wie die kleinen Kinder und lassen sich die Haare klippen, ganz kurz, militärisch! Nun geht der Dienst nochmal so gut, und Dienst haben sie genug, von morgens um sechs bis mittags um zwölf, und nachmittags von zwei bis um sieben Uhr. Mit der achtstündigen Arbeitszeit ist es beim Kommiß nichts, weder für die Untergebenen noch für die Vorgesetzten.

Vorgesetzte gibt es bei einer Landwehrkompagnie genug: da sind außer den aktiven Offizieren und Unteroffizieren noch eine Menge von Landwehroffizieren und Unteroffizieren. Die Landwehroffiziere sind vielleicht die einzigen, die nicht gar zu sehr über ihre Einberufung schelten – nur wenn diese in ihre Ferien oder in ihren Urlaub fällt, sind sie außer sich. Sonst betrachten sie die Dienstzeit als eine Badereise, wenn sie auch nur ein Sandmeer zu sehen bekommen, sie beziehen sehr hohe Equipierungsgelder, bei denen zum mindesten ein Zivilanzug übrig ist, wenn nicht zwei, denn manche lassen sich nur die bei der letzten Übung schiefgelaufenen Absätze gerade machen. Außerdem bekommen sie große Tagegelder, ihr Gehalt läuft weiter fort, so daß sie sich pekuniär sehr gut stehen und trotz des immensen Durstes, den sie im Kasino entwickeln, meistens Muttern noch einen Spargroschen mit nach Haus bringen. Für einen aktiven Soldaten ist es eine unerschöpfliche Quelle heitern Genusses, zuzusehen, wenn ein Landwehroffizier seinen Zug oder gar eine Kompagnie exerziert, das Schönste aber ist, wenn ein Landwehroffizier grob wird. Das ist gar nicht so leicht, wie es aussieht. Fluchen und schelten kann jeder, aber so schelten, daß den Kerls das Herz in die langschäftigen Stiefeln sinkt und sich jeder sagt: »Herr Gott, wenn du nun nicht deine Gebeine in die Luft wirfst, schlägt es ungerade« – das ist eine Kunst. Einmal sah ich zu, wie ein Landwehroffizier seinen Zug exerzierte, die Kerls bummelten, daß das Ende davon weg war, und der arme Leutnant geriet immer mehr in Wut. »Kerls,« rief er endlich, »ihr solltet euch was schämen, wenn jetzt der heilige Antonius mit dem Exerzierreglement in der Hand auf einem Stachelschwein vorüberritte und euch hier sähe, er würde vor Schreck vom Gaul fallen.«

Nicht was er sagte, sondern das »wie« klang so komisch, daß ein brüllendes Gelächter entstand und der gute Leutnant ganz das Gegenteil erreicht hatte von dem was er wollte.

Ich diente einmal mit einem Hauptmann der Landwehr zusammen, der in seinem Zivilberuf Postdirektor war. Seine Haupttätigkeit während seiner Dienstzeit bestand darin, daß er sich mit seiner Frau, die in seinem Wohnort zurückgeblieben war, telephonisch unterhielt.

»Aber Sie vertelephonieren ja ein Vermögen?« sagte ich ihm eines Tages.

»Keinen Groschen,« entgegnete er, »ich kann meiner Frau telephonieren so viel ich will, das kostet nichts.« »Und warum denn nicht?« fragte ich.

»Das sind *Amtsgespräche*,« entgegnete er stolz, »die sind frei.«

Wenn der gute Postdirektor, der als Hauptmann mit wahrhaft riesigen Sporen bewaffnet war, zur Abwechslung einmal keine Amtsgespräche führte, sondern zum Dienst kam, befand er sich stets in der denkbar schlechtesten Laune, weil er stets einen maßlosen Jammer hatte. Er behauptete, nicht gut schlafen zu können, wenn er nicht abends »seinen Grog« getrunken hätte. »Sein Grog« bestand aber für gewöhnlich aus zwölf Grogs, und so war der Hauptmann des Morgens immer sehr elend.

Nun gibt es für den Soldaten nur dreierlei: er ist entweder gesund, krank oder tot.

Mein lieber Postdirektor meldete sich aber eines Tages schriftlich »unwohl«.

Der brave Hauptmann wurde belehrt, daß es den Soldaten verboten sei, sich unwohl zu fühlen, so kam er denn fluchend und scheltend zum Dienst. Er kommandierte sehr undeutlich, einmal weil er ein sehr schlechtes Kommando hatte, dann aber auch, weil er die meisten Kommandos nicht genau wußte.

Hatte die Unordnung ihren Höhepunkt erreicht, schrie er voller Wut: »Kerls, soll ich euch erst jedes Kommando ins Ohr telegraphieren?«

Das klang so gräßlich, dank seines entsetzlichen Organs, daß die ganze Landwehrkompagnie zusammenzuckte, als wenn der elektrische Strom schon durch ihre Ohren hindurchgefahren wäre.

Der Postdirektor aber pries mittags im Kasino die großen Vorzüge der Elektrizität.

Wenn der gute Landwehrhauptmann ein Kommando abgegeben hatte, so fragte er stets den neben ihm stehenden Oberleutnant, der die Stelle eines Souffleurs vertrat: »Nochmals?«

Und sagte der »ja«, dann donnerte der Postdirektor los: »Solche Bummelei verbitte ich mir; wenn ich vor der Front stehe, bitte ich mir mehr Anspannung aus, der Griff war ganz hundemiserabel – nochmal.«

Sagte der Ober aber »nein«, dann lobte der Hauptmann: »Der Griff war gut, sehr gut, sehr hübsch, so gehört sich das aber auch.« Da machte sich der Ober eines Tages den Spaß und sagte leise zu dem Postdirektor, während dieser eine begeisterte Lobrede hielt: »Herr Hauptmann, ich habe mich geirrt, der Griff war doch sehr schlecht – vielleicht lassen der Herr Hauptmann ihn doch lieber noch einmal machen.«

Und ohne sich zu besinnen, fuhr der Postdirektor fort: »So würde ich euch gelobt haben, wenn dieser Griff gut gewesen wäre, aber er war jammervoll, einfach jammervoll – nochmal.« So wechselt während der Einberufung, wenigstens für die Offiziere, Ernst und

Scherz, aber sie sind doch froh, wenn die Einberufenen eines Tages entlassen werden und zu Weib und Kind zurückfahren.

Dann herrscht für kurze Zeit Ruhe, bis wieder reue Landwehrmänner einberufen werden.

»Landwehr hat Ruh'«, aber wirkliche Ruhe hat sie erst, wenn der Herbst da ist, bis dahin heißt es überall, an allen Orten: Einberufen.

Das Gelände

»Was für die Erde des Himmels Blau,
»Was für die Blumen des Himmels Tau,
»Das ist für die Menschen – die Liebe.«

Das stimmt – aber es stimmt doch nicht. Stimmen tut die Wahrheit dieses schönen Verses, den ich leider nicht gedichtet habe, weil er schon gedichtet war, als ich geboren wurde, nur dann, wenn der Mensch poetisch veranlagt ist – für prosaische Leute stimmt er nicht.

Und wo auf der Welt gibt es prosaischere, wenn auch nicht gerade nüchternere Naturen, als in den Kasernen, wo so viel Soldaten schlummern, wo der Posten schildern tut. Es gibt keinen Soldaten, der keine Liebe hat, und wegen der Liebe tut der Posten schildern, damit keiner auf verbotenen Wegen die Kaserne verläßt und zu der Auserwählten seines Herzens kriecht – eine Liebe hat jeder, mancher deren sogar mehrere: eine für wochentags, eine für Sonntags und eine für die hohen Fest- und Feiertage, eine Liebe hat jeder, aber verliebt ist keiner. I, wo wird sich der Soldat denn mit so etwas aufhalten, dazu hat er gar keine Zeit. Er geht mit ihr, und sie geht mit ihm, und wenn sie weit genug gegangen sind, dann sagen sie sich Adieu und suchen sich jemand anders, der sie auf ihren Spaziergängen begleitet.

Ohne Liebe kann der Soldat ganz gut leben, wenn auch nicht ohne Liebste – was für die Erde des Himmels Blau, was für die Blumen des Himmels Tau, das ist für den Soldaten: Kommißbrot, dicke Erbsen mit Speck und das Gelände.

Nicht nur die Kirche, sondern auch der Soldat hat einen guten Magen und kann verschiedenes vertragen. Ich erinnere mich aus meiner Dienstzeit, daß bei einer Besichtigung ein Rekrut von dem General gefragt wurde: »Nun, mein Sohn, essen Sie denn auch ordentlich? Schmeckts beim Kommiß? Haben Sie guten Appetit?« »Zu Befehl, Herr General.«

»Nun, wie lange kommen Sie denn mit Ihrem Kommißbrot aus?«

»Einen halben Tag, Herr General.«

Allgemeines Entsetzen, und dann kam es an das Tageslicht, daß der Rekrut sich jeden Tag von seinem eignen Gelde zwei Kommißbrote zukaufte und verzehrte, so daß der Mann jeden Tag drei, sage und schreibe drei Kommißbrote, jedes zu vier Pfund, aß. Das ist keine Übertreibung, sondern eine Tatsache, die ich zu beschwören bereit bin.

Außerdem aß der Jüngling noch eine Waschschüssel voll Erbsen mit Speck.

Und der Mensch ist nicht einmal tot geblieben.

Ganz soviel wie beschriebener Kommißbrotmann essen ja nun nicht alle, und die Steuerzahler können darüber nur hocherfreut sein. Viel aber essen sie alle, und wer viel ißt, muß sich auch viel Bewegung machen, damit er immer eine schlanke Taille behält.

Und diese Bewegung, deren der Soldat so notwendig gebraucht, findet er im Gelände. Ich bitte um Erlaubnis, einen Augenblick die Feder aus der Hand legen zu dürfen, ich möchte mir gerne meinen Zylinder holen, mir denselben aufsetzen und ihn voller Hochachtung vor dem Wort »Gelände« abnehmen.

Ich habe es getan, zugleich aber auch einen heimlichen, aber tiefen Schluck aus der Kognakflasche genommen, denn mir wurde schwach bei dem Gedanken an die im Gelände verlebten »frohen« Stunden.

Ach ja.

(Seufzer eines Erlösten – ist noch nicht komponiert.)

Unter »Gelände verstehet der Soldat, was der Zivilist unter Natur« verstehet – nur daß die schönste Natur das schlechteste Gelände und das beste Gelände die häßlichste Natur ist.

Ich hoffe, mich so klar ausgedrückt zu haben, daß jeder mich verstanden hat. sollte dies wider Erwarten nicht der Fall sein, so bitte ich, sich freundlichst zu melden – ich bin dann gern bereit, die obige Erklärung nochmals zu wiederholen.

Das Gelände bei jeder Garnison bleibt sich stets vollständig gleich – die Wiese bleibt immer dieselbe, einerlei ob es schönes oder schlechtes Wetter ist, ob Frühling, Sommer, Herbst oder Winter, einerlei, ob eine Kuh oder mehrere Kühe auf ihr weiden, einerlei ob diese Wiederkäuer von einem jungen Jungen oder von einer alten Alten behütet und bewacht werden.

Und wie es der Wiese geht, so geht es dem Wald, den Wegen, den Brücken, den Wasserflächen und all den andern Dingen, die das Gelände bilden. Sie sind streng konservativ, sie kümmern sich nicht um das, was in der Welt vorgeht, und wenn dem Gelände das Treiben der Welt einmal gar zu bunt wird, dann schüttelt es die auf seinem Kopfe stehende Eiche und schickt seinen Boten, den kleinen Waldbach aus. Der läuft denn hurtig von einem zum andern, von der Wiese zum Wald, vom Wald bis zur Eisenbahnbrücke, und überall wo er hinkommt, sagt er: »Ich soll euch vielmals grüßen und wir blieben die Alten.«

Das ist zum Verzagen – besonders für die Truppen, die in dem Gelände Übungen abhalten müssen, und der Herr Oberst hat viele schlaflose Nächte, um eine neue Idee auszudenken, und er bittet und fleht, daß doch endlich einmal ein Erdbeben kommen möge, auf daß das Gelände etwas durcheinandergewürfelt würde, damit die Wiese dahin käme, wo jetzt der Wald ist, damit der Bach sich umdrehte und in der entgegengesetzten Richtung flösse, damit die Eiche, die die Übersicht behindert, endlich einmal zwanzig Meter mehr nach rechts käme.

Aber kein Erdbeben kommt, und alles bleibt wie es ist.

Ich hatte einmal Besuch von einem lieben Verwandten. Nachdem wir uns mittags an Speise und Trank gesättigt, ließ ich mir meinen Schimmel-Viererzug, den ich mir als armer *homo scribens* nicht halten kann, anspannen, bestellte mir eine Mietsdroschke und fuhr mit meinem Gast in die Umgegend. Ich zeigte ihm alle Herrlichkeiten der Welt, und als wir genug gesehen hatten, fuhren wir auf der Chaussee dem heimatlichen Herde wieder entgegen. Als wir an dem Wegweiser vorbeikamen, der mit seinem rechten Arm (es kann aber auch der linke sein, denn er hat nur einen) in ein Loch der Natur zeigt, wandte ich mich mehrmals um, und unwillkürlich sprach ich: »Das ist doch sonderbar.«

»Was hast du denn nur?« fragte mich mein Begleiter. »Nichts, nichts,« gab ich zurück »ach, Kutscher, machen Sie doch noch einmal Kehrt, versuchen Sie, dabei nicht umzuwerfen, und fahren Sie bis zum Wegweiser, dort halten Sie.«

Es geschah, und ich entstieg dem Vehikel, mein Begleiter folgte mir.

Ich ließ meine Blicke neugierig und verwundert umherschweifen, dann fragte ich: »Sieh dir diesen Fleck Erde einmal ganz genau an, fällt dir gar nichts an ihm auf?«

Er streckte seinen Kopf weit vor und sagte dann nach einer kleinen Pause: »Ich sehe nichts, doch wittere ich etwas, wenn auch gerade keine Morgenluft.«

»Dein Geruchsinn gereicht dir zur Ehre,« gab ich zur Antwort, »du witterst es, hier haben Soldaten gestanden. Du hast recht, mich wundert nur, daß hier augenblicklich keine stehen, denn dies ist der ständige Platz für die Feldwache Nr. 2.« »Feldwache Nr. 2?« fragte er erstaunt.

»Jawohl,« erwiderte ich, »Feldwache Nr. 1 steht dort,« und ich zeigte ihm den Punkt, »und die Feldwache Nr. 3 steht dort halblinks auf der Anhöhe – jawohl, ganz richtig, auf der dort. Und wenn ich nun spazieren fahre, wie heute, und sehe die Wachen und Posten nicht auf ihrem Platz, dann fehlt mir etwas, mir ist dann so, als wenn die Natur, als wenn die Szenerie nicht stimmt. Mir ist dann zumut, wie einem Regisseur, der vor dem Aufgehen des Vorhangs noch einmal die Bühne überblickt und dann ruft: ›Herr Gott, dort in der Ecke fehlt ja noch eine Statue!‹«

»Du bist verrückt,« gab er mir zur Antwort.

»Mag sein,« entgegnete ich, »da du aber nicht Soldat warst, hättest du etwas milder über meinen Geisteszustand urteilen können.«

Bei dem nächsten Wirtshaus tranken wir einen Versöhnungsschluck und fuhren dann heimwärts.

Schlimmer noch als diejenigen Garnisonen, die stets dasselbe Gelände haben, sind diejenigen daran, die gar keins haben. Auch solche himmlischen Orte gibt es im Deutschen Reich, wie es überhaupt Garnisonen gibt, in denen ich nicht begraben sein möchte.

Gelände haben muß aber der Soldat – blanke Felder genügen zum Exerzieren, aber nicht zum Fechten – hat man kein Gelände, so muß man eben welches schaffen. Das ist viel einfacher, als es aussieht; es werden keine Waldungen angepflanzt, keine Berge aufgeworfen, keine Kanäle angebohrt und keine Wasserläufe hergestellt, es werden keine Eisenbahnlinien aufgeschüttet und keine Brücken gebaut – so etwas gibt es nicht, dazu fehlt es an Zeit und an Ping-Ping, alias Moneten genannt. Man macht die Sache viel einfacher; das Gelände wird einfach »markiert«.

Eine geraume Zeit vor dem Bataillon oder dem Regiment marschieren die Flaggenträger ab, und diese werden dann vom Adjutanten nach näherer Anweisung des Leitenden irgendwo »aufgebaut«.

Natürlich muß der Leitende seinen Unterfeldherrn dann vor Beginn des Gefechtes Bescheid sagen: »Meine Herren, ich nehme an, daß wir eine schmale, über einen unpassierbaren Bach führende Brücke zu überschreiten haben, – die Brücke ist durch zwei weiße Flaggen markiert. Jenseits des Wassers sehen Sie zwei gelbe Flaggen, das ist ein Wald, und die roten Flaggen dort halblinks ist eine Anhöhe, die Deckung gegen Sicht bildet, die weißen Flaggen dort bedeuten nasse Wiesen, die für uns nicht gangbar sind, dort ganz hinten sehen Sie noch eine gelbe Flagge, das ist der Kirchturm des Dorfes, das wir erreichen sollen. Und nun los, meine Herren, die Gefechtsidee ist Ihnen ja allen bekannt. Bitte, geben Sie Ihre Befehle aus.«

Natürlich kommen bei solchen Gefechten die unglaublichsten Sachen vor. Keiner weiß schließlich mehr, was die einzelnen Flaggen bedeuten, und weiß er es, so kümmert er sich doch nur so viel um dieselben, wie es ihm gerade paßt.

Ein Vorwurf kann ihn so leicht bei der Kritik nicht treffen, da er immer die Ausrede hat: »Ich bitte sehr um Verzeihung, ich habe die Sache verwechselt, ich glaubte, die rote Flagge wäre die Spitze des Kirchturms und die eine gelbe Flagge die Anhöhe.«

Dagegen ist der Leitende machtlos, er kann weiter nichts tun, als seine Herren bitten, das nächste Mal etwas besser aufzupassen und zu fragen, wenn ihnen die Situation nicht klar ist.

Zur Zeit des großen Shakespeare gab es bekanntlich noch keine Bühnendekorationen und ein Zettel, mit der Aufschrift: »Dies stellt einen Garten vor« mußte genügen, um die Zuschauer glauben zu machen, vor sich hätten sie einen Park, in dem die Liebespaare nach den Klängen der Nachtigall lustwandelten.

Ähnlich verfährt man auch beim Militär, auch da bekommen die Flaggenträger zuweilen Schilder umgehängt, auf denen zu lesen ist, was die Leute vorstellen.

Manchmal baut man solche Zettel tragende Jünglinge aber auch im wirklichen Gelände auf. So erinnere ich mich, daß ich einmal als Patrouillenführer wohl eine halbe Stunde nach einer Brücke suchte, um mit meinen Leuten über einen breiten Graben mit sehr nassen Ufern herüberzukommen. Endlich hatte ich gefunden, was ich suchte, aber mein Herz frohlockte zu früh, auf der Brücke stand ein Bleisoldat, der ein Schild um den Hals trug, und auf diesem Schild war zu lesen:

»Diese Brücke ist unpassierbar.«

Das war scheußlich, was tun?

»Gut,« sagte ich schließlich, »wenn die Brücke unpassierbar ist, warten wir einfach, bis sie wieder hergestellt ist.«

»Die lebende abgebrochene Brücke« hörte das mit Erstaunen.

»Ach was, Herr Fähnrich,« sagte er da, »gehen Sie man ruhig hinüber – ich habe schon so viele durchgelassen, daß es auf drei mehr oder weniger nicht ankommt.«

Und trocknen Fußes gingen wir über die »unpassierbare« Brücke.

Mit dem Gelände wird manchmal viel Unfug getrieben.

In einer kleinen Garnison, die mitten in einer Sandbüchse lag, hatte der Herr Major in seiner Verzweiflung sich wirkliches Gelände aus Holz und aus Pappe anfertigen lassen, und wenn eine Bataillonsübung stattfinden sollte, hieß es mittags bei Parole: »Das Gelände fährt morgen früh um die und die Zeit unter Führung des Herrn Leutnant A. ab. Nähere Anweisung über den Aufbau des Geländes werden dem Führer rechtzeitig zugehen.«

Am nächsten Morgen wurde das Gelände denn auf einem Handwagen verladen, und wohlgemut zog der Herr Leutnant dann mit seinem Karren von dannen.

Auch die Kompagnien durften bei ihren Übungen das Gelände benutzen, sie mußten es dann schriftlich beim Bataillone beantragen und erhielten es nur gegen schriftliche Quittung. Wer etwas verlor und zerbrach, mußte es aus eigenen Mitteln neu anfertigen lassen.

Kamen die Truppen von einer Übung zurück, so hieß es mittags bei Parole: »Zum Reinigen des Geländes stellt jede Kompagnie heute mittag drei Mann.«

Und mit Schrubber und grüner Seife wurde dann das »Gelände« neugestrichen oder geölt.

Natürlich war dies eine Spielerei, die wie alles auf Erden ein Ende nahm. Die eine Kompagnie hatte sich zu einer Übung einen Baum und eine Brücke geliehen, infolge plötzlich eingetretenen strömenden Regens hatte der Pappbaum aber seine Fasson verloren und glich schließlich eher einem eingetriebenen Hut als einem Baum.

Der Herr Major verlangte Schadenersatz, der Häuptling weigerte sich aber, weil nicht er, sondern höhere Gewalten den Baum vernichtet hätten, es kam zu einer Beschwerde, und dabei wurde die Sache aufgedeckt.

Und fortan manöverierten die Truppen nur noch in dem natürlichen und nicht mehr in dem künstlichen Gelände.

Der »Einjährige«

Der Oberstleutnant ist Oberst geworden, wirklicher, lebendiger Oberst, und zugleich Kommandeur desselben Regiments, in dem er bisher als »Oberstleutnant beim Stabe« gestanden hatte. Zur Feier dieses festlichen Ereignisses hat er eine Regimentsnotiz losgelassen, die da besagt:

»Heute mittag sechs Uhr Liebesmahl im Offizierskasino – wer von den Herren Offizieren am Erscheinen verhindert ist, hat dies bis vier Uhr nachmittags unter Angabe der Gründe auf dem Regimentsbureau schriftlich zu melden. Die Regimentsmusik ist zur Stelle.«

Wer da glaubt, daß der Herr Oberst sein ganzes Offizierkorps einladet, der irrt sich. Jeder muß selbst bezahlen, was er trinkt, und in dieser feierlichen Stunde sei es gestanden: sie trinken nicht wenig.

Am meisten aber trinkt der neue Oberst, und während er trinkt, denkt er an die Zeit, da er als *Einjähriger* sein Jahr abriß und dann plötzlich solche Liebe zum Soldatenhandwerk bekam, daß er sich plötzlich entschloß, Offizier zu werden. Sein militärisches Leben zieht im Fluge an ihm vorüber – es ist reich an schönen Erinnerungen.

Als *Einjähriger* war er nach Ansicht seines Unteroffiziers geradezu »verboten« krumm und schief gewesen, er hatte den stolzen Beinamen geführt: »Der Krümmste der Krummen«. Zuerst hatte er sich das zu Herzen genommen, aber als er einmal hörte, wie der Unteroffizier einem andern Einjährigen auseinandersetzte, daß der noch krümmer wäre, da ward er stolz und glücklich.

Dann war er *Avantageur* geworden – diese Kategorie der Soldaten hat ja das Privilegium nach Ansicht ihrer Vorgesetzten – und die müssen es ja wissen – dreiviertel verrückt zu sein. So waren die Prophezeihungen, daß er ganz sicher noch einmal in einem Irrenhaus enden würde, nicht imstande gewesen, ihm seine gute Laune zu verderben.

Am schönsten war es aber doch als Fähnrich auf der Kriegsschule gewesen. Er lächelt still vor sich hin und trinkt auf das Wohl all der kleinen Mädchen, die er als Fähnrich geliebt hat - es waren ihrer nicht wenige, und sie haben ihn alle wiedergeliebt, wenigstens sagten sie es, denn er hatte eine sehr große Zulage.

Als er Leutnant wurde, trat der Ernst des Lebens an ihn heran: da hieß es, sich die Zufriedenheit seiner Vorgesetzten zu erwerben. Bald sah er ein, daß dies unmöglich war, da gab er das Rennen auf, und wenn man ihm sagte, daß er völlig »ahnungslos« sei, so tröstete er sich damit, daß seine Kameraden auch »keine Ahnung« hatten.

Als »Oberleutnant« oder wie es damals noch hieß, als Premier hatte er nach Meinung der Höheren noch viel, sehr viel zu lernen, bevor er imstande sein würde, eine Kompagnie trocknen Fußes über einen Rinnstein zu führen – ihn beruhigte, daß auch andre Herren dieses schwierige Problem nicht lösen konnten.

Er wurde Hauptmann und bekam zu hören, daß seine Kompagnie bedeutend besser sein könne – »gut« waren die andern Kompagnien Gott sei Dank auch nie gewesen.

Als er Major war, wurde ihm gesagt, daß sein Bataillon nicht ganz auf der Höhe stände – da die andern Bataillone nach Ansicht der Vorgesetzten ebenfalls nicht auf der Höhe standen, brach ihm die Kritik weder das Herz noch das Genick.

Als Oberstleutnant hatte er in seiner Eigenschaft als »Mottenkönig« und »Ober-Gewandkämmerer« seine schwierige Stellung bei der Bekleidungsfrage, bei der er nur ein Amt, aber keine Meinung hatte, ebenfalls nicht immer so ausgefüllt, wie man das wohl von ihm hätte erwarten können – ihm gereichte zum Trost, daß noch kein »Mottenkönig« geboren ist, der seine Sache tadellos gemacht hätte.

Solche Kritiken und trotzdem Oberst!

Darüber kann man sich nicht genug wundern. Er wundert sich und trinkt und trinkt und wundert sich, und mit ihm trinken und wundern sich und wundern sich und trinken seine Offiziere.

Es wird auf »Ramsch« getrunken, da muß man sich ordentlich daran halten, wenn man auf seine Kosten kommen will.

»Na, wenn der Oberst geworden ist,« sagt ein Leutnant, »dann werde ich wenigstens Generalfeldmarschall!«

»Wollen Sie nicht im voraus auf die große Pension hin eine Flasche Sekt ausgeben?« fragt ihn sein Nachbar.

Einen Augenblick zögert der zukünftige Generalfeldmarschall: »Ich habe schon so wie so einen blödsinnigen Kasinorest, fast hundert Mark, mein alter Herr will ihn mir nicht bezahlen, er schreibt, ich soll mir den Wein, den ich zu viel trank, wieder am Munde absparen. Heute wollte ich mit dem soliden Lebenswandel beginnen!«

Dann aber kommt es ihm zum Bewußtsein, daß ein Mann in einer Stellung, wie er sie später bekleiden wird, sich nicht lumpen lassen darf, und er bestellt auf sein Privatkonto, wenn auch schweren Herzens, eine Flasche Sekt.

Schön ist der Wein nicht, das kann selbst der Fabrikant am Sonntagnachmittag nicht behaupten, dafür kostet er aber auch nur einen Taler und führt den stolzen Beinamen: »Der Magenbrummer« – schon der Anblick des Weins genügt, um Magenbrummen zu verursachen, und nun erst der Genuß!

Grausam – einfach grausam, man begreift nicht, daß man sich für so wenig Geld so viel Schmerzen kaufen kann.

Der Herr Oberstleutnant ist wirklich Oberst geworden, er trinkt und wundert sich noch immer darüber, und mit ihm wundern sich, auch wenn sie nicht mit ihm trinken, die Vorgesetzten.

Die wundern sich eigentlich am meisten, sie hatten sich fest vorgenommen, ihn in die Wurst zu stopfen, sie hatten ihm gewaltig auf den Zahn gefühlt und nichts als hohle Zähne entdeckt.

Der militärische Scharfrichter, der Chef des Generalstabs des Armeekorps, hatte ihm ganz besonders liebevolle Blicke zugeworfen – denn der Oberst, ehemals noch Oberstleutnant, hatte einen sehr langen, schönen Hals.

Die hohen Vorgesetzten hatten ihn morden wollen, aber die Vorgesetzten haben bei ihren vielen, großen Fehlern zuweilen auch den Vorzug, daß sie Menschen sind, und der Mensch in ihnen hatte gesprochen: »Denkt daran, daß der Oberstleutnant verheiratet ist, viele Kinder besitzt, daß er durch den Zusammenbruch eines Bankhauses sein ganzes Vermögen verloren hat. Laßt ihr Oberst werden, laßt ihn ein Jahr in seiner neuen Stellung, damit er dann später die Pension eines Oberst bezieht!«

Der Mensch hatte den Vorgesetzten besiegt, der Oberstleutnant war Oberst, einjähriger Oberst oder wie es in der Armee heißt: »Einjähriger« geworden. Nach einer Dienstzeit von dreißig Jahren war der Oberst wieder bei der Charge, in der er seine militärische Laufbahn begonnen, angekommen. Das ist nicht so leicht, wie es aussieht. Der Glückliche, er kennt sein Geschick nicht, er denkt nicht daran, daß er ein »Einjähriger« ist. Er ahnt es nicht.

Lange haben die Vorgesetzten geschwankt, welches Regiment sie ihm für ein Jahr anvertrauen sollten, es mußte schon eins sein, bei dem sich, Dank der Tüchtigkeit seines Vorgängers, alles in tadellosester Ordnung befand – ein Regiment, an dem er auch dann nichts verderben konnte, wenn er wollte.

Da gaben sie ihm das Regiment, in dem er bisher Etatmäßiger gewesen war; viel Unheil konnte er da beim besten Willen nicht anrichten, denn sein Vorgänger, der ein ausgezeichneter Soldat war, aber aus Gesundheitsrücksichten seinen Abschied nehmen mußte, hatte die Truppe seinem Nachfolger in ganz vorzüglicher Verfassung übergeben.

Der neue Oberst beurteilt die Sachlage allerdings etwas anders: nach seiner Meinung – als Oberst hat er jetzt zum ersten Mal in seinem militärischen Leben, da sich kein höherer Vorgesetzter in der Garnison befindet, eine selbstständige Meinung – nach seiner Meinung ist im Regiment lange nicht alles so, wie es sein könnte. Er will ja nicht gerade behaupten, daß *alles* schlecht ist, aber vieles, nein, das meiste bedarf doch einer Verbesserung, einer energischen Hand, die rücksichtslos durchgreift.

Und zärtlich betrachtet er seine Handschuhnummer zehnundeinviertel. Daß sein Vorgänger den Abschied bekam, beweist ja schon, daß die Vorgesetzten nicht mit ihm zufrieden waren, was ein Abschied aus »Gesundheitsrücksichten« bedeutet, weiß heutzutage ja ein neugebornes Kind.

Der neue Oberst betrachtet es als eine Auszeichnung, daß man ihm gerade *dieses* Regiment gab, »denn,« so sagt er zu sich selbst, »sicher haben sich die Vorgesetzten gedacht: Der weiß aus eigner

Anschauung am besten, was nicht in Ordnung ist, der wird schon den nötigen Schwung in die Königlichen Dienstangelegenheiten bringen!«

Armer Einjähriger, wenn du wüßtest! Aber es ist ja das Vorrecht der Einjährigen mit und ohne Schnüre, daß sie nichts zu wissen brauchen.

Die Vorgesetzten werden sich wundern, wenn sie sehen, in welcher Verfassung sich im nächsten Jahr das Regiment befindet.

Er hätte lieber sagen sollen: »Da werden sich die Flundern wundern,« denn das »grenzenlose Erstaunen«, über das ein Vorgesetzter in weit höherem Maße gebietet als ein andrer Sterblicher, wird auch nicht annähernd genügen, um ihrer Verwunderung Ausdruck zu geben.

Von Beginn des Liebesmahls an hat der Oberst »gemaikäfert«, über eine Rede nachgedacht, dreimal hat er sich seine Ansprache im Kopfe hergesagt, ohne stecken zu bleiben. Er ist mit seinen Gedanken im Unreinen fertig, er hat Mut und schlägt an sein Glas.

»Na, auf den Mist bin ich neugierig!« sagt ein Leutnant leise zu seinem Kameraden. Nach Ansicht der Leutnants ist alles, was ein Vorgesetzter spricht: »Mist«. Es gibt nur *eine* Ausnahme, die besteht darin, daß ein Vorgesetzter aus eigenster Initiative zu einem Leutnant sagt: »Sie können von heute mittag ab drei Monate auf Urlaub fahren.« Leider kommt dies aber noch seltner als gar nicht vor.

»Mein Gott, reden tut der Mann auch?« stöhnte ein andrer, »das wird ja entsetzlich werden!«

»Ordonnanz, noch eine Flasche Sekt, aber eine gute, ich muß mich stärken,« jammert der dritte.

»Meine Herren,« beginnt der Einjährige, »als ich noch Oberstleutnant war –«

»Na, na,« denken die Zuhörer, »renommiere nicht. Das ist noch gar nicht so lange her. Heute morgen um zehn Uhr liefst du noch voller Angst auf dem Kasernenhof herum und zähltest an den Sohlennägeln eines Paar Langschäftigen ab, ob das Telegramm, das du erwartetest, dir die Wurst oder die Beförderung bringen würde.«

»Meine Herren,« fängt der Einjährige noch einmal mit erhobener Stimme an, »als ich noch Oberstleutnant war, gelobte ich mir, wenn ich durch die Gnade Sr. Majestät Regimentskommandeur werden sollte –«

»Gnade ist gut,« denken die Zuhörer, »das ist in diesem Falle ganz allein das richtige Wort. Eine Gnade ist zwar jede Beförderung, diese aber ganz besonders.«

»Da gelobte ich mir,« fährt der Einjährige fort – und nun kommt eine endlose Aufzählung all der schönen Dinge, die er sich gelobte und die er zum Besten der preußischen Armee im allgemeinen und zum Besten seines Regiments im besondern einführen will. Er wird sogar dienstlich und spricht vom Exerzierreglement, der Schießvorschrift und der Felddienstordnung – in kurzen, präzisen Worten sagt er, was er haben will.

Zuerst lachen die Zuhörer, dann passen Sie auf, sie werden ernst, und als der Oberst geendet, sagt einer zum andern: »Aber was fällt denn dem Mann ein, der hat entweder zu viel oder zu wenig getrunken, seine Rede war ja wirklich verständig, das war ja gar kein Mist.«

Sie sehen den Oberst plötzlich mit ganz andern Augen an. Ist dem Mann über Mittag mit dem Amt der Verstand gekommen, oder sollte er am Ende gar nicht so unfähig gewesen sein, wie die Vorgesetzten ihn schilderten?

»Wenn der Mann Zeit hat, sich zu entwickeln, kann er noch ein sehr verständiger Regimentskommandeur werden,« denkt mancher.

Aber der Einjährige dient nur ein Jahr, er mag krumm oder schief, gerade oder verwachsen, klug oder dumm, arm oder reich, farbenblind oder kurzatmig sein – nach einem Jahr zieht er den bunten Rock aus und geht wieder ins Zivil.

Das sind die Einjährigen mit den Schnüren – den Anfang und das Ende ihrer Dienstzeit bestimmt das Gesetz.

Die andern Einjährigen, die ohne Schnüre, dienen auch nur ein Jahr – sie mögen krumm oder schief, arm oder reich, Hauptmann oder Major, Oberst oder General sein – nach einem Jahr ziehen sie den bunten Rock aus, kaufen sich meistens, auch wenn es Winter ist, einen Strohhut und gehen ins Zivil und in Pension.

Das Ende *ihrer* Dienstzeit aber bestimmt *nicht* das Gesetz.

Der Regimentsführer

Was der tollkühnste Leutnant in seinen verwegensten Träumen nicht zu hoffen gewagt hat, ist zur Tatsache geworden: der gestrenge Herr Oberst hat auf sein Ansuchen hin einen dreimonatlichen Urlaub erhalten und ist sofort mit der Gattin, ach, der teuern, nach Kairo abgereist. Kairo ist weit vom Schuß, und alle im Regiment sangen das schöne Lied: »Ach, wenn er doch immer dort bliebe.« Unter den Zurückgebliebenen herrschte eitel Jubel und Sonnenschein: die Leutnants waren glücklich, am nächsten Ersten nicht wegen ihrer Kasinoreste »angehaucht« zu werden, die Hauptleute freuten sich, bei der sonnabendlichen Stabsoffizierparole endlich einmal etwas andres als nur Grobheiten zu hören, und die Bataillonskommandeure dachten: »Endlich haben wir nun einmal vor den großen Übungen Ruhe.«

Die Führung des Regiments lag nun in den Händen des Oberstleutnant und etatsmäßigen Stabsoffiziers, ach nein, so heißt es nun ja nicht mehr, sondern: des Oberstleutnant beim Stabe. Der führte im ganzen Regiment den Beinamen: »der wirkliche geheime Konfusionsrat und vortragende Rat im konfusen Ministerium.« Vor dem hatte keiner Angst, der redete ja doch nur »Unsinn« und hatte weder von der Erschaffung der Welt noch vom Inhalt des Exerzierreglements die leiseste »Ahnung«, der würde sich schon nicht »mucksen«, sondern froh und dankbar sein, wenn er nur das Dasein hätte.

So sprachen die Offiziere im Regiment und waren über die Reise des Kommandeurs so froh wie die Schulknaben, deren Klassenlehrer plötzlich erkrankt und voraussichtlich in der nächsten Zeit nicht wieder kommt.

Am glückseligsten über den Umschwung der Dinge war der Herr Oberstleutnant, und als Friedrich der Große seinem alten Rheinsberger Genossen, dem Markgrafen von Schwebt, die Worte zurief: »Mein Herr, jetzt bin ich *König*!«, da kann das nicht so stolz und imponierend geklungen haben wie jetzt, da der Oberstleutnant seiner Frau und seiner Tochter zurief: »Jetzt bin ich *Regimentsführer*!« So stolz und gewaltig stand er ihnen gegenüber, daß seine Damen ihn kaum zu beglückwünschen, geschweige denn zu küssen wagten.

Wäre er nicht nur Regiments *führer*, sondern Regiments *kommandeur* gewesen, so wäre das natürlich noch schöner gewesen.

Auch äußerlich wollte der Oberstleutnant seine neue Machtstellung zeigen: auf einem Kompagniewagen, gezogen von sechs braven Musketieren und bewacht von einem im Dienst noch nicht ergrauten blutjungen Unteroffizier mit tiefschwarzen Haaren, schwankte ein Schilderhaus einher. Erhebend war der Anblick nicht, aber es war wenigstens einer. Mit Ächzen und Stöhnen, mit Schelten und Fluchen – das können auch junge Unteroffiziere – ward das Schilderhaus abgeladen, und kaum stand es, da ertönten auch schon die Töne der Regimentsmusik. Die Fahnenkompagnie nahte, und im »Marsch, Marsch« verschwand der Kompagniekarren um die Ecke. Die Fahnen, deren von Kugeln zerfetzte Tücher eine stumme, aber doch beredte Sprache redeten, wurden dem Herrn Oberstleutnant in die Wohnung gebracht, mit dem Hohenfriedberger-Marsch rückte die Ehrenkompagnie wieder ab, nur ein Posten blieb zurück.

Es ist doch ein schönes Gefühl, einen Posten vor der Haustüre zu haben – das fand nicht nur der Herr Oberstleutnant, sondern auch die ganze Nachbarschaft, nun konnte man ruhig einmal vergessen, die Haustüre abzuschließen, nun hatte das nichts zu sagen, der Posten würde schon aufpassen.

Wenig später saß der Herr Oberstleutnant mit seinen Damen am Abendbrottisch: sonst trug er zu Haufe stets eine Jagdjoppe, die weder neu noch schön war, heute trug er Uniform. Er »fühlte sich!« Und seine Damen fühlten sich mit ihm und erschienen sogar ohne die Schürzen, die sie sonst den ganzen Tag nicht ablegten.

Es herrschte eine vornehme, weihevolle, würdige Stimmung im Haus, selbst die Dienstboten hatten nicht den Mut, etwas entzwei zu werfen.

»Schade, schade, Papa,« sprach da das neunzehnjährige, blauäugige Töchterlein, »schade, daß es nicht immer so bleibt, wie es jetzt ist.«

Der Vater hatte sich gerade ein Stück pommerscher Gänsebrust in den Mund gesteckt und war somit augenblicklich momentan nicht zu sprechen.

Zum Zeichen aber, daß er sogleich etwas Bedeutendes sagen würde, beschrieb er mit dem Zeigefinger der linken Hand in der Luft allerlei gar seltsame Figuren.

»Laßt nur gut sein, Kinder,« sagte er, sobald die Gänsebrust es ihm erlaubte, »laßt nur gut sein,« und geheimnisvoll, das linke Auge zukneifend und mit dem rechten schlau blinzelnd, fuhr er fort: »Wird schon so bleiben.«

»Mann –«

»Vater –«

Zwei hochbeglückte Frauen hingen an seinem Halse.

»Ruhig, setzt euch hin und gib mir noch einmal die Bratkartoffeln, Anna.«

Die Damen gehorchten, und die Tochter füllte ihrem Vater den ganzen Teller voll. Wenn er aß, ließ er sich nicht gerne stören, und so dauerte es denn auch eine geraume Weile, bis er fortfuhr: »Wird schon so bleiben. Ich glaube nicht, daß der Oberst wiederkommt.«

»Wirklich nicht?« jubelten die Damen.

Beim Militär ist des einen Tod des andern Leben.

»Hat er dir etwas davon gesagt?« fragte die Gattin.

»Das nicht, im Gegenteil,« lautete die Antwort, »aber liebes Kind, du bist doch selbst viel zu lange beim Kommiß, um nicht zu wissen, was ein dreimonatlicher Urlaub bedeutet.«

Die Mutter nickte mit der Miene eines Menschen, der die militärischen Verhältnisse in- und auswendig kennt, und Anna, genannt Ännchen, das holde Töchterlein, rief: »Das weiß ich ja sogar, Papa, ein mehrmonatlicher Urlaub bedeutet unter hundert Malen neunundneunzigmal den Anfang vom Ende.«

»Na ja, also,« sagte der Vater, »da wißt ihr ja Bescheid, was fragt ihr denn noch? Daß der Oberst den Sturz vom Pferde noch nicht überwunden hat und in einem südlichen Klima Heilung sucht, wissen wir ja alle. Aber da geht man doch nicht auf drei Monate, da reicht man vier, höchstens sechs Wochen Urlaub ein – auf so lange Zeit geht keiner, der sich nicht sagt: »Ich komme nicht wieder.« Daß er wieder kommen möchte, glaube ich, aber, nach unserm Wollen geht es ja nicht immer! Na, ich wünsche ihm ja alles Gute, aber ich glaube nicht daran, und dann, dann bin ich Oberst.«

»Und würdest du dann das Regiment hier bekommen?«

»Selbstverständlich,« gab er zur Antwort, »in drei Monaten muß ich so wie so Oberst werden, und da wird man mich doch nicht Gott weiß wohin und einen andern hierher schicken – das tut man schon nicht, um dem Staat die Umzugskosten zu sparen. Das gibts nicht, davon ist gar kein Gespräch. Und beizeiten schon will ich anfangen, mir mein Regiment in die Hand zu spielen, wenn die Herren Leutnants und Hauptleute glauben, daß sie nun tun und lassen können, was sie wollen, so irren sie sich ganz gewaltig. Ich werde mir jetzt alles so einrichten, wie ich es haben will. Der Oberst hat sein Regiment gut im Zug, das kann ich nicht anders sagen, aber vieles bedarf doch noch der Verbesserung. Und ich werde es verbessern.«

Das klang so stolz, daß Ännchen voll Begeisterung zu ihrem Vater aufblickte und ihm noch einmal Bratkartoffeln auffüllte – aber da diese inzwischen kalt geworden waren, ließ er sie unberührt auf seinem Teller liegen.

Am nächsten Morgen um fünf Uhr – es war im Herbst – hielt der Herr Oberstleutnant hoch zu Roß vor der Kasernenwache. »Was will denn der schon so früh?« dachte der Posten, dann rief er »Heraus« und die Wache trat ins Gewehr.

»Schlagen Sie Alarm,« befahl er dem Spielmann.

Gegen diese Zumutung sträubte sich selbst das Kalbsfell der Trommel, es gab keinen Ton von sich aus dem einfachen Grunde, weil dem Tambour die Noten zum Alarmsignal nicht einfielen.

Wer kann sich denn auch so früh auf so etwas besinnen!

»Na, wirds bald?« fragte der Gestrenge.

Gleich darauf rasselten die Trommelwirbel, in der Kaserne wurds lebendig, Soldaten eilten in die Stadt, um die Offiziere zu benachrichtigen, zu Fuß und hoch zu Roß kamen sie einher. »Ist denn Krieg erklärt?« fragte einer den andern, niemand aber wußte Bescheid.

Nach einer kleinen Stunde war auch der letzte zur Stelle.

»Meine Herren,« sprach der Herr Oberstleutnant zu den um ihn herum versammelten Offizieren, »um fünf ließ ich alarmieren, jetzt ist es sechs – das dauert mir viel zu lange, das müssen wir fleißig üben, das muß viel schneller gehen. Ich danke Ihnen sehr, meine Herren, guten Morgen.«

Stolz ritt er davon.

»Ist der denn ganz verrückt geworden über Nacht?« sprach ein Leutnant zu dem andern und sah dem Davonreitenden nach. »Ein andres Mal komme ich nicht, wenn er Alarm schlagen läßt, darauf kann er sich hoch und heilig verlassen! Was machen wir denn nun? Um acht Uhr hab ich Dienst, zu Bette gehen kann man doch nicht wieder.«

»Laßt uns einen Skat spielen,« schlug einer vor, und freudig stimmten die andern zu.

Und ein wahres Glück war es nur, daß der Oberstleutnant nicht hörte, welche Witze beim Skat über ihn gerissen wurden, er hätte auf die Frage seiner Gattin: »Ist es dir gelungen? Hast du ihnen imponiert?« nicht mit solchem Brustton tiefinnerster Überzeugung geantwortet: »Na und ob.«

Und er »imponierte« weiter, er mischte sich in alles hinein, und in Sachen, die ihn nichts angingen, am allermeisten.

»Über alles muß ich orientiert sein, über alles, meine Herren,« sprach er stolz und würdevoll, »nur dann kann man ein Regiment führen.«

Er aber konnte es trotzdem nicht, alle lachten ihn aus, nur einen brachte er an den Rand der Verzweiflung, und das war der Regimentsadjutant. Der mochte zur Unterschrift vorlegen, was er wollte – nichts fand den Beifall des Vorgesetzten, der alles viel klarer und präziser ausgedrückt wünschte und dann in höchsteigner Person Befehle losließ, die kein Toter, geschweige denn ein Lebender ausführen konnte.

Alle drei Tage berichtete der Adjutant nach Kairo, wie es im Regiment aussähe, und diese Berichte müssen nicht sehr rosig gewesen sein, denn eines Tages schrieb der Herr Oberst an den Brigadeadjutanten, dieser sprach mit seinem Brotherrn, und als sie genug gesprochen hatten, schwiegen sie beide und schmiedeten Reisepläne.

Wenige Tage später wurde der Herr Oberstleutnant durch Alarmsignale aus dem schönsten Morgenschlummer geweckt. Mit der Nachtmütze auf dem kahlen Kopf fuhr er in die Höh: »Nanu? was gibts denn?«

»Leg dich wieder hin, Männi,« bat die Gattin, »es ist ja erst sechs Uhr, die Mädchen sind noch nicht aufgestanden, und vor sieben ist der Kaffee nicht fertig.«

Da ertönte zum zweitenmal das Alarmsignal.

Er steckte den Kopf – ohne Nachtmütze – zum Fenster hinaus.

»Was gibts?« fragte er den Posten, »was ist los?«

»Alarm,« erfolgte die prompte Antwort.

»Es muß ein Unglück geschehen sein, ich muß schnell zur Kaserne.«

Da klopfte auch schon der Bursche an die Tür und fragte, ob er die Pferde satteln solle.

»Gewiß, gewiß,« lautete die Antwort, und zehn Minuten später galoppierte der Herr Oberstleutnant zur Kaserne.

Auf dem Kasernenhof hielt der Brigadekommandeur mit seinem Adjutanten. »Nanu? Wo kommt denn der auf einmal her?« dachte der Oberstleutnant, dann aber ritt er auf den Vorgesetzten zu: »Nein, ist das aber eine unerwartete Freude, den Herrn General hier zu sehen – doch hoffentlich zu Hause alles wohl?« wollte er hinzusetzen, aber er unterdrückte den Schlußsatz, denn der Herr General machte ein sehr dienstliches Gesicht, und auch der Brigadeadjutant grüßte sehr dienstlich, während für gewöhnlich Brigadeadjutanten entweder gar nicht oder nur mit einem Finger zu grüßen pflegen.

Die Adjutanten der großen Herren sind viel größer als diese selbst.

Der Herr General ließ zu einer großen Übung ausrücken, und bei der Kritik sprach er nur die Worte: »Ich danke Ihnen, meine Herren, ich habe mich gefreut, Sie alle so wohl und munter zu sehen.«

Der Herr Oberstleutnant erstrahlte vor Vergnügen: »Sagt ich es nicht,« sprach er zu seinen Damen, »der Oberst kommt nicht wieder. Der General war nur hier, um sich zu überzeugen, in welcher Verfassung das Regiment augenblicklich ist, er war sehr, sehr zufrieden, ich sah es ihm an, dies Regiment ist mir sicher.«

Wieder vergingen einige Wochen. Da, an einem Vormittag, als die Damen beim Frühstück saßen, hörten sie von weitem die Klänge der Regimentsmusik. Neugierig eilten sie an das Fenster und sahen eine Kompagnie in Paradeuniform heranrücken. Immer näher und näher kam die Truppe, nun schwenkte sie vor dem Hause des Oberstleutnants ein.

»Aber Ännchen, was bedeutet dies nur?«

Ännchen wußte dies auch nicht, aber es begann ihr klar zu werden, als ein Offizier mit gezognem Säbel, begleitet von zwei Unteroffizieren in das Haus marschierte.

»Mama – ich glaube, sie wollen die Fahne holen.«

»Einen Augenblick war die Frau Oberstleutnant starr, dann aber »ermannte« sie sich, mutig trat sie dem jungen Herrn Leutnant entgegen.

»Sie wünschen, Herr Leutnant?«

»Auf Befehl des von Urlaub zurückgekehrten Herrn Oberst die Fahnen.«

Es klang eine ganz bedeutende Schadenfreude aus diesen Worten.

Mit klingendem Spiel rückte die Truppe ab.

»Der Posten bleibt wenigstens noch stehen,« tröstete Ännchen.

»Meier, Sie Dümelklaas, wollen Sie denn nicht eintreten?« rief da der schließende Unteroffizier dem Posten zu.

Der ließ sich das nicht zweimal sagen, sondern sprang in großen Sätzen der Kompagnie nach.

Und kaum war die Truppe um die Ecke verschwunden, da hielt ein Kompagniekarren vor der Tür, und wenig später schwankte das Schilderhaus, gezogen von sechs braven Musketieren und bewacht von einem noch nicht im Dienst ergrauten blutjungen Unteroffizier mit tiefschwarzen Haaren, wieder von dannen.

Die beiden Damen hielten sich umschlungen und weinten bittre Tränen, das Interregnum war zu Ende – der Oberst war zurück, das bedeutete für den Gatten und Vater nichts Gutes.

In dem Hause herrschte eine tiefe Stille, eine unheimliche Schwüle lagerte auf allen – selbst das Mädchen fuhr schreckhaft zusammen, als sie eine Kristallschale entzweiwarf. Die beiden Damen banden sich die Schürzen wieder um, der Oberstleutnant erschien wieder in seiner Jagdjoppe zum Abendbrot, aber er aß nicht von den Bratkartoffeln, obgleich sie ganz warm waren.

Der militärische Daktylus

Jedesmal wenn der General von Aberg auf seinen alljährlichen Rundreisen die seinem Befehl unterstellten Garnisonen besuchte, hatte er einen neuen Vogel. Im ersten Jahr war es der Parademarsch: »Meine Herren, was für den Zivilisten die Luft, das ist für den Soldaten der Parademarsch; es gibt nichts, was wichtiger wäre. Nur dadurch, daß wir mit aller Strenge auf einen tadellosen Parademarsch halten, erreichen wir, daß die Strammheit dem Heere erhalten bleibt, und ohne diese gibt es im nächsten Krieg ein Jena, aber kein Sedan!« Welch letztere Worte den Verdacht aufkommen ließen, daß der Herr General den in der Armee verpönten Roman »Jena oder Sedan« gelesen habe.

Als der General im nächsten Jahr wiederkam, hatte er den Schießvogel. »Meine Herren, was für den Zivilisten die Luft, daß ist für den Soldaten das Schießen; es gibt nichts, was wichtiger wäre. Meine Herren, nur die Schießresultate verhelfen uns im nächsten Krieg zu einem Sieg, und die Schießresultate müssen um so besser sein, je näher der Scheibenstand bei der Kaserne liegt. Ich erwarte also die besten Schießresultate aus einer kleinen Garnison.« Welche letzteren Worte den Verdacht aufkommen ließen, daß der Herr General den in der Armee verpönten Roman gelesen habe.

Als der General im letzten Jahr kam, hatte er den Instruktionsvogel. »Meine Herren, was für den Zivilisten die Luft, das ist für den Soldaten das Wissen; es gibt nichts, was wichtiger wäre. Meine Herren, im nächsten Krieg hat nur diejenige Armee Aussicht auf Erfolg, die ihrem Gegner in geistiger Hinsicht überlegen ist. Arbeiten wir an der Bildung des Volkes, erziehen wir sie in dieser Hinsicht, aber auch nur in dieser zu erstklassigen Menschen.« Welche Worte den Verdacht aufkommen ließen, daß der Herr General den in der Armee verpönten Roman gelesen habe.

Als der General dieses Mal kam, hatte er den Turnvogel. »Meine Herren, was für den Zivilisten die Luft, das ist für den Soldaten die körperliche Gewandtheit; es gibt nichts, was wichtiger wäre, Im nächsten Krieg hat nur derjenige Aussicht auf Erfolg, der dem Gegner in körperlicher Hinsicht überlegen ist.«

Der General schwieg, und diese seine Schlußworte ließen den Verdacht aufkommen, daß im Laufe des letzten Jahres kein verpöntes Buch erschienen war, oder daß er es nicht einmal dem Namen nach kannte.

»Meine Herren,« fuhr der General nach einer kleinen Pause fort, »ganz besondern Wert lege ich bei dem Turnen auf das Springen. Ich brauche es Ihnen nicht erst zu sagen: Springen ist die Hauptsache. Wer nicht gut springen kann, der bringt es zu nichts.« Da hatte der General recht, und er sprach aus Erfahrung; denn daß er es so weit gebracht hatte, verdankte er lediglich dem Umstand, daß er beständig über seine Vorderleute gesprungen war, einmal, weil er für einen Offizier wirklich nicht unbefähigt war, dann aber auch, weil er glänzende Konnexion besaß. Er hatte eine Tante, deren Vetter mit der Schwägerin eines ganz hohen Herrn aus dem Militärkabinett verheiratet war, und solche Verwandtschaft schadet nie. Und um dem Herrn Obersten und den Herren Offizieren gleich zu zeigen, in welchem Sinne er das Springen fortan gehandhabt, um nicht zu sagen gebeinhabt, wissen wolle, ließ er gleich eine Kompagnie zum Turnen antreten.

»Hochsprung! Drei Schritte Anlauf rechts!« kommandierte der Feldwebel, und mit mehr oder weniger Grandezza hüpften die Leute über die Schnur. Als der Feldwebel dieses Kunststück vorgeführt hatte, glaubte er, nun sei es genug, aber der Herr General befahl:

»Nun dasselbe mit drei Schritt Anlauf links!«

Der Feldwebel hörte es mit Grausen, und die Leute erst recht. Im Grunde genommen war das, was sie zeigen sollten, und das, was sie gezeigt hatten, genau dasselbe. Das eine Mal stellt man das rechte Bein zurück, das andre Mal das linke; aber nur den wenigsten Menschen ist bei der Geburt die Gottesgabe zuteil geworden, mit dem linken Fuß abspringen zu können. So waren denn die Leistungen auch hundsmiserabel. Fast jeder Kerl riß die Schnur herunter, und der General geriet außer sich: »Meine Herren, das geht nicht, das muß ganz anders werden.« Und zu den Leuten gewendet, fragte er: »Ist denn nicht einer unter euch, der mit drei Schritt Anlauf links springen kann?«

Da trat ein Mann vor und sprang mit einer Eleganz, die wirklich Anerkennung verdiente.

»Na also, warum kann der es denn?« fragte der General.

»Er ist ein Linkser,« lautete die Antwort.

Der General war von Jugend auf in der Geographie sehr schwach gewesen; von einem Badenser hatte er wohl schon einmal etwas gehört, von einem Linkser aber noch nicht, und so fragte er denn:

»Wo liegt denn das?«

»Verzeihen der Herr General, der Mann ist insofern ein Linkser, als er links ist; er schreibt links, er schießt links, er sieht auch links ...«

»Ach ne,« meinte der General ganz erstaunt, »wie macht er denn das?«

»Verzeihung, der Herr General haben mich nicht aussprechen lassen; ich wollte sagen, er sieht auch links am besten, ich meine mit dem linken Auge.«

»So, so,« meinte der General; er war etwas ärgerlich, daß er sich nun schon zweimal blamiert hatte, und seinem Ärger machte er dadurch Luft, daß er erst den Leuten grob wurde, und dann den Offizieren:

»Meine Herren, das geht nicht, solche Leistungen wünsche ich nicht wieder zu sehen. Nichts ist so falsch wie eine einseitige Ausbildung beim Turnen; ebenso wie die beiden Arme gleichmäßig geübt werden, muß es mit den Beinen auch der Fall sein. Daß der eine nur mit drei Schritt Anlauf rechts und der andre nur mit drei Schritt Anlauf links springen kann, wünsche ich nicht wieder zu sehen. Ich muß diese wichtige Übung von allen Leuten verlangen, selbstverständlich auch von den Herren Offizieren. Bitte, zeigen Sie mir doch mal, was Sie in dieser Hinsicht können.«

Die Mannschaften wurden hinausgeschickt, und das Springen der Herren Offiziere begann. Erst hüpften die Herren Leutnants, dann die Herren Hauptleute, auch die Herren Stabsoffiziere kamen an die Reihe, und ganz zuletzt führte der Herr Oberst ein Springsolo auf. Aber siehe da, den Anlauf mit drei Schritt links konnten nur die wenigsten, und diese wenigen konnten ihn auch nur sehr mangelhaft.

»Meine Herren, dann bleibt mir ja nichts andres übrig, als daß ich Ihnen selbst die Sache vormache.«

Der Herr General schnallte seinen Säbel ab und stellte sich in Positur: »Also, meine Herren, man nimmt den linken Fuß zurück, federt einen Augenblick auf beiden Fußspitzen, dann macht man einen langen und zwei kurze Schritte, und beim dritten Schritt springt man mit dem linken Fuß ab. Also so, meine Herren, lang – kurz, kurz, genau im Tempo des Daktylus, den Sie ja alle noch von der Schule her kennen. Und mit vollstem Recht heißt ja aus diesem Grunde dieser Anlauf zum Sprung: der militärische Daktylus. Also, meine Herren, lang – kurz, kurz, – eins – zwei, drei, hopp!«

Bei dem Hopp! sollte der Herr General nun mit dem linken Fuß abspringen; dieses aber tat er nicht; nicht weil er nicht wollte, sondern weil er nicht konnte, und die weiteren Versuche scheiterten ebenfalls. Der General ärgerte sich über seine neue Blamage rasend, aber das half ihm ja nichts.

»Na, meine Herren,« meinte er schließlich, »in meinem Alter und in meiner Stellung habe ich es ja auch eigentlich nicht nötig, Ihnen solche Übungen persönlich vorzumachen, aber trotzdem, wenn ich zur Turnbesichtigung komme, dann kann ich den Sprung, verlassen Sie sich darauf, und ich verlange von Ihnen, daß Sie ihn dann auch können. Ich werde mir den Sprung schon einüben.«

Und der General hielt Wort. Zu Hause angekommen, kaufte er sich als erstes ein Schnursprunggestell, stellte dieses in sein Schlafzimmer, und jeden Morgen nach dem Aufstehen und jeden Abend vor dem Schlafengehen, jeden Tag vor Tisch und jeden Tag nach Tisch übte er eine Viertelstunde »drei Schritt Anlauf links«, und die Folge blieb nicht aus. Nach vierzehn Tagen hatte er den Sprung zwar noch nicht gelernt, dafür aber hatte er sich einen ganz sonderbaren Gang angewöhnt. Er ging nicht mehr, sondern er hüpfte immer im daktylen Versmaß über das Pflaster, er machte immer einen langen und dann zwei kurze Schritte. Er ärgerte sich selbst darüber, aber er konnte seine Beine gar nicht mehr anders bewegen, und nach weiteren vierzehn Tagen konnte er sie überhaupt nicht mehr still halten, weder im Liegen noch im Sitzen. Selbst unter dem Tisch und auf Gesellschaften machte er seine Sprungübungen, und bei einem Diner stieß er einer Dame, die ihm bei Tisch gegenübersaß, plötzlich mit beiden Füßen derartig gegen die Schienbeine, daß diese vor Schmerz beinahe ohnmächtig wurde. Der militärische Daktylus war ihm zur zweiten Natur geworden.

Da geschah es, daß die hohen Exzellenzen eines Tages ganz unerwartet zu einer Brigadebesichtigung erschienen, und als sie den Herrn General zu Pferde sahen, machten sie ein ganz erstauntes Gesicht. Der hatte sich nämlich eine ganz sonderbare Art zu reiten angewöhnt. Er nahm das linke Bein, legte es ganz weit zurück, beinahe bis an den Schweif des Pferdes, dann führte er es ganz langsam bis an die Schnauze des Pferdes, dann warf er mit einem kurzen, energischen Ruck das rechte Bein bis an die Pferdeschnauze und unmittelbar darauf das linke Bein, das er inzwischen wieder zurückgezogen hatte, ebenfalls. Und mit einem Hopp! hüpfte er im Sattel auf und ab. Und wenn er eine Minute stillgesessen hatte, fing er wieder von vorn an.

Aber das Unglück wollte, daß sein Gaul sich gerade an diesem Tage diese seltsame Reiterei nicht gefallen ließ. Vielleicht war er es schon lange satt, sich abwechselnd an seinem Schweif mit den Sporen und an seinen Nasenlöchern abwechselnd mit den beiden Fußspitzen kitzeln zu lassen; vielleicht wollte er sich auch vor den Gäulen der hohen Vorgesetzten mit seinem elenden Reiter nicht blamieren; auf jeden Fall fing er plötzlich an zu bocken, und als der General wieder einmal mit einem mächtigen Wurf sein linkes Bein nach vorn schleuderte, da nahm der Schinder den Rücken hoch und den Kopf tief, und in einem weiten Bogen flog der General in den Dreck. Und da blieb er liegen; kein Mensch kümmerte sich um ihn.

»Bitte, Herr Oberst, übernehmen Sie das Kommando!« wendete sich die höchste Exzellenz an den ältesten Regimentskommandeur.

Da wußte der General, daß seine Totenglocke geschlagen hatte; aber eines tröstete ihn in seinem Schmerz, daß er nun noch mehr Zeit als früher hätte, den Sprung mit drei Schritt Anlauf links zu üben.

Zehn Jahre lang übte er noch unverdrossen weiter, und eines Morgens geschah ein Wunder: ihm gelang der Sprung; zum erstenmal kam er mit drei Schritt links über die niedrige Schnur, ohne sie mit dem linken Fuß herunterzuwerfen.

»Friedrich, haben Sie gesehen?!« rief er freudestrahlend seinem Diener zu. »Friedrich, was sagen Sie nun?«

Und Friedrich sagte: »Herr General, der Sprung war ja sehr schön, aber richtig war er doch nicht; der Herr General sind ja dieses Mal aus Versehen mit dem rechten Fuß abgesprungen.«

Da brach der General kraftlos in sich zusammen und gab alle weiteren Versuche definitiv auf. Und wie er sich früher Mühe gegeben hatte, die drei Schritt Anlauf links zu erlernen, so gab er sich fortan die größte Mühe, sie wieder zu verlernen. Aber auch das war vergebens. Er wurde seinen militärischen Daktylus bis zu seiner Sterbestunde nicht wieder los. Und er hatte eine schwere Todesstunde, die Beine wollten sich nicht beruhigen, sie machten beständig lang, kurz, kurz, eins – zwei, drei, und fortwährend stöhnte der sterbende: »Hopp!« Endlich war er erlöst.

»Ist er wirklich tot?« fragten klagend seine Verwandten, die das Bett umstanden. Da beugte sich der Arzt nieder, aber nicht um die Tätigkeit des Herzens, sondern die der Beine zu beobachten, und erst als er diese still und ruhig daliegen sah, sagte er: »Es ist aus.«

Über tredition

Eigenes Buch veröffentlichen

tredition wurde 2006 in Hamburg gegründet und hat seither mehrere tausend Buchtitel veröffentlicht. Autoren veröffentlichen in wenigen leichten Schritten gedruckte Bücher, e-Books und audio-Books. tredition hat das Ziel, die beste und fairste Veröffentlichungsmöglichkeit für Autoren zu bieten.

tredition wurde mit der Erkenntnis gegründet, dass nur etwa jedes 200. bei Verlagen eingereichte Manuskript veröffentlicht wird. Dabei hat jedes Buch seinen Markt, also seine Leser. tredition sorgt dafür, dass für jedes Buch die Leserschaft auch erreicht wird.

Im einzigartigen Literatur-Netzwerk von tredition bieten zahlreiche Literatur-Partner (das sind Lektoren, Übersetzer, Hörbuchsprecher und Illustratoren) ihre Dienstleistung an, um Manuskripte zu verbessern oder die Vielfalt zu erhöhen. Autoren vereinbaren direkt mit den Literatur-Partnern die Konditionen ihrer Zusammenarbeit und partizipieren gemeinsam am Erfolg des Buches.

Das gesamte Verlagsprogramm von tredition ist bei allen stationären Buchhandlungen und Online-Buchhändlern wie z. B. Amazon erhältlich. e-Books stehen bei den führenden Online-Portalen (z. B. iBookstore von Apple oder Kindle von Amazon) zum Verkauf.

Einfach leicht ein Buch veröffentlichen: **www.tredition.de**

Eigene Buchreihe oder eigenen Verlag gründen

Seit 2009 bietet tredition sein Verlagskonzept auch als sogenanntes "White-Label" an. Das bedeutet, dass andere Unternehmen, Institutionen und Personen risikofrei und unkompliziert selbst zum Herausgeber von Büchern und Buchreihen unter eigener Marke werden können. tredition übernimmt dabei das komplette Herstellungs- und Distributionsrisiko.

Zahlreiche Zeitschriften-, Zeitungs- und Buchverlage, Universitäten, Forschungseinrichtungen u.v.m. nutzen diese Dienstleistung von tredition, um unter eigener Marke ohne Risiko Bücher zu verlegen.

Alle Informationen im Internet: **www.tredition.de/fuer-verlage**

tredition wurde mit mehreren Innovationspreisen ausgezeichnet, u. a. mit dem Webfuture Award und dem Innovationspreis der Buch Digitale.

tredition ist Mitglied im Börsenverein des Deutschen Buchhandels.

Dieses Werk elektronisch lesen

Dieses Werk ist Teil der Gutenberg-DE Edition DVD. Diese enthält das komplette Archiv des Projekt Gutenberg-DE. Die DVD ist im Internet erhältlich auf **http://gutenbergshop.abc.de**

MIX

Papier | Fördert
gute Waldnutzung

FSC® C083411

Zeitfracht Medien GmbH
Ferdinand-Jühlke-Straße 7
99095 Erfurt, Deutschland
produktsicherheit@kolibri360.de